悦读季作家榜

志摩的诗

ZHIMO DE SHI

徐志摩◎著

CHISO 新疆青少年出版社

图书在版编目（CIP）数据

志摩的诗 / 徐志摩著. -- 乌鲁木齐 : 新疆青少年出版社, 2023.2
（悦读季作家榜）
ISBN 978-7-5590-9141-3

Ⅰ. ①志… Ⅱ. ①徐… Ⅲ. ①诗集 - 中国 - 现代 Ⅳ. ①I226

中国版本图书馆CIP数据核字（2022）第233095号

志摩的诗

ZHIMO DE SHI

徐志摩 著

出版发行	新疆青少年出版社有限公司
社　　址	乌鲁木齐市北京北路29号
电　　话	0991—6239231（编辑部）
经　　销	各地新华书店
印　　刷	三河市金泰源印务有限公司
法律顾问	王冠华 18699089007
开　　本	880mm×1290mm 1/32
印　　张	7.25
版　　次	2023年10月第1版
印　　次	2023年10月第1次印刷
书　　号	ISBN 978-7-5590-9141-3
定　　价	45.00元

新疆青少年出版社有限公司官网　http://www.qingshao.net

新疆青少年出版社有限公司天猫旗舰店　http://xjqss.tmall.com

CHISO 新疆青少年出版社

目录
contents

声出似天籁 / 001

拜献……002
泰山……003
五老峰……004
山中……006
客中……007
花牛歌……008
再别康桥……009
康桥再会吧……011
黄鹂……016
季候……017
春……018
两个月亮……020
偶然……022
雪花的快乐……023
沙扬娜拉一首……025
她在那里……026
乡村里的音籁……027
朝雾里的小草花……029

小花篮……030
西伯利亚道中忆西湖秋雪庵芦色作歌……032
春的投生……034
夏日田间即景(近沙士顿)……036
八月的太阳……038
车眺……039

翡冷翠的一夜 / 041

翡冷翠的一夜……042
在那山道旁……046
深夜……048
雁儿们……049
不再是我的乖乖……051
变与不变……053
运命的逻辑……054
阔的海……055
沪杭车中……056
一星弱火……057
珊瑚……058
草上的露珠儿……059
海韵……062
三月十二深夜大沽口外……065
再不见雷峰……066

一块晦色的路碑……067
在不知名的道旁（印度）……068
多谢天！我的心又一度的跳荡……070
问谁……073
新催妆曲……076
清风吹断春朝梦……079
一个噩梦……081
悲思……082
秋月呀……084

柔情满怀的心 / 085

哀曼殊斐儿……086
我有一个恋爱……088
她是睡着了……090
我来扬子江边买一把莲蓬……093
落叶小唱……095
丁当——清新……097
云游……098
鲤跳……099
别拧我，疼……100
苏苏……101
月下待杜鹃不来……102
海边的梦……103

起造一座墙……105
望月……106
私语……107
活该……108
恋爱到底是什么一回事……110
你去……112
康桥西野暮色……114
她怕他说出口……117
月夜听琴……119
杜鹃……121
盖上几片油纸……122
给母亲……125

这是一个懦怯的世界 / 129

这是一个懦怯的世界……130
生活……132
去吧……133
残春……134
残诗……135
为谁……137
为要寻一个明星……138
哈代……139
月下雷峰影片……142

夜半松风……143
石虎胡同七号……144
先生！先生！……146
半夜深巷琵琶……148
这年头活着不易……149
梅雪争春（纪念三一八）……151
一小幅的穷乐图……152
古怪的世界……154
谁知道……156
太平景象……159
悲观……161
梦游埃及……166
幻想……169
无题……171

性灵深处的妙悟 / 173

渺小……174
山中大雾看景……175
我不知道风是在哪一个方向吹……176
一个祈祷……178
他眼里有你……179
在哀克刹脱（Exeter）教堂前……180
天国的消息……182

最后的那一天......183
地中海......184
人种由来......186
自然与人生......191
残破......194
东山小曲......196
破庙......198
冢中的岁月......200
天神似的英雄......202
一家古怪的店铺......203
呻吟语......205
默境......206
小诗一首......209
听瓦格纳乐剧......210
威尼市......213
我是个无依无伴的小孩......215
那一点神明的火焰......220

声出似天籁

拜献

山，我不赞美你的壮健，
海，我不歌咏你的阔大，
风波，我不颂扬你威力的无边；
但那在雪地里挣扎的小草花，
路旁冥盲中无告的孤寡，
烧死在沙漠里想归去的雏燕，——
给他们，给宇宙间一切无名的不幸，
我拜献，拜献我胸胁间的热，
管里的血，灵性里的光明；
我的诗歌——在歌声嘹亮的一俄顷，
天外的云彩为你们织造快乐，
起一座虹桥，
指点着永恒的逍遥，
在嘹亮的歌声里消纳了无穷的苦厄！

泰山

山！
你的阔大的巉岩，
像是绝海的惊涛，
忽地飞来，
凌空
不动，
在沉默的承受
日月与云霞拥戴的光豪；

更有万千星斗
错落
在你的胸怀，
诉说
隐奥，
蕴藏在
岩石的核心与崔嵬的天外！

五老峰

不可摇撼的神奇，
不容注视的威严，
这耸峙，这横蟠，
这不可攀援的峻险！
看！那巉岩缺处
透露着天，窈远的苍天，
在无限广博的怀抱间，
这磅礴的伟象显现！

是谁的意境，是谁的想象？
是谁的工程与抟造的手痕？
在这亘古的空灵中
陵慢着天风，天体与天氛！
有时朵朵明媚的彩云，
轻颤的，妆缀着老人们的苍鬓，
像一树虬干的古梅在月下
吐露了艳色鲜葩的清芬！
山麓前伐木的村童，
在山涧的清流中洗濯，呼啸，
认识老人们的嗔颦，
迷雾海沫似的喷涌，铺罩，

淹没了谷内的青林，
隔绝了鄱阳的水色袅渺，
陡壁前闪亮着火电，听呀！
五老们在渺茫的雾海外狂笑！

朝霞照他们的前胸，
晚霞戏逗着他们赤秃的头颅；
黄昏时，听异鸟的欢呼，
在他们鸠盘的肩旁怯怯的透露
不昧的星光与月彩：
柔波里，缓泛着的小艇与轻舸；
听呀！在海会静穆的钟声里，
有朝山人在落叶林中过路！

更无有人事的虚荣，
更无有尘世的仓促与噩梦，
灵魂！记取这从容与伟大，
在五老峰前饱啜自由的山风！
这不是山峰，这是古圣人的祈祷，
凝聚成这“冻乐”似的建筑神工，
给人间一个不朽的凭证，——
一个“崛强的疑问”在无极的蓝空！

山中

庭院是一片静，
听市谣围抱；
织成一片松影——
看当头月好！

不知今夜山中
是何等光景；
想也有月，有松，
有更深的静。

我想攀附月色，
化一阵清风，
吹醒群松春醉，
去山中浮动；

吹下一针新碧，
掉在你窗前；
轻柔如同叹息——
不惊你安眠！

客中

今晚天上有半轮的下弦月；
我想携着她的手，
往明月多处走——
一样是清光，我说，圆满或残缺。

园里有一树开剩的玉兰花；
她有的是爱花癖，
我爱看她的怜惜——
一样是芬芳，她说，满花与残花。

浓荫里有一只过时的夜莺；
她受了秋凉，
不如从前浏亮——
快死了，她说，但我不悔我的痴情！

但这莺，这一树花，这半轮月——
我独自沉吟，
对着我的身影——
她在那里，啊，为什么伤悲，凋谢，残缺？

花牛歌

花牛在草地里坐，
压扁了一穗剪秋萝。

花牛在草地里眠，
白云霸占了半个天。

花牛在草地里走，
小尾巴甩得滴溜溜。

花牛在草地里做梦，
太阳偷渡了西山的青峰。

再别康桥

轻轻的我走了，
正如我轻轻的来；
我轻轻的招手，
作别西天的云彩。

那河畔的金柳，
是夕阳中的新娘；
波光里的艳影，
在我的心头荡漾。

软泥上的青荇，
油油的在水底招摇；
在康河的柔波里，
我甘心做一条水草！

那榆荫下的一潭，
不是清泉，是天上虹；
揉碎在浮藻间，
沉淀着彩虹似的梦。
寻梦？撑一支长篙，
向青草更青处漫溯，

满载一船星辉，
在星辉斑斓里放歌。

但我不能放歌，
悄悄是别离的笙箫；
夏虫也为我沉默，
沉默是今晚的康桥！

悄悄的我走了，
正如我悄悄的来；
我挥一挥衣袖，
不带走一片云彩。

康桥再会吧

康桥，再会吧；
我心头盛满了别离的情绪，
你是我难得的知己，我当年
辞别家乡父母，登太平洋去，
（算来一秋二秋，已过了四度
春秋，浪迹在海外，美土欧洲）
扶桑风色，檀香山芭蕉况味，
平波大海，开拓我心胸神意，
如今都变了梦里的山河，
渺茫明灭，在我灵府的底里；
我母亲临别的泪痕，她弱手
向波轮远去送爱儿的巾色，
海风咸味，海鸟依恋的雅意，
尽是我记忆的珍藏，我每次
摩按，总不免心酸泪落，便想
理箧归家，重向母怀中匐伏，
回复我天伦挚爱的幸福；
我每想人生多少跋涉劳苦，
多少牺牲，都只是枉费无补，
我四载奔波，称名求学，毕竟
在知识道上，采得几茎花草，

在真理山中，爬上几个峰腰，
钧天妙乐，曾否闻得，彩红色，
可仍记得？——但我如何能回答？
我但自喜楼高车快的文明，
不曾将我的心灵污抹，今日
我对此古风古色，桥影藻密，
依然能坦胸相见，惺惺惜别。

康桥，再会吧！
你我相知虽迟，然这一年中
我心灵革命的怒潮，尽冲泻
在你妩媚河身的两岸，此后
清风明月夜，当照见我情热
狂溢的旧痕，尚留草底桥边，
明年燕子归来，当记我幽叹
音节，歌吟声息，缦烂的云纹
霞彩，应反映我的思想情感，
此日撒向天空的恋意诗心，
赞颂穆静腾辉的晚景，清晨
富丽的温柔；听！那和缓的钟声
解释了新秋凉绪，旅人别意，
我精魂腾跃，满想化入音波，
震天彻地，弥盖我爱的康桥，
如慈母之于睡儿，缓抱软吻；

康桥！汝永为我精神依恋之乡！
此去身虽万里，梦魂必常绕
汝左右，任地中海疾风东指，
我亦必纡道西回，瞻望颜色；
归家后我母若问海外交好，
我必首数康桥；在温情冬夜
腊梅前，再细辨此日相与况味；
设如我星明有福，素愿竟酬，
则来春花香时节，当复西航，
重来此地，再捡起诗针诗线，
绣我理想生命的鲜花，实现
年来梦境缠绵的销魂踪迹，
散香柔韵节，增媚河上风流；
故我别意虽深，我愿望亦密，
昨宵明月照林，我已向倾吐
心胸的蕴积，今晨雨色凄清，
小鸟无欢，难道也为是怅别
情深，累藤长草茂，涕泪交零！

康桥！山中有黄金，天上有明星，
人生至宝是情爱交感，即使
山中金尽，天上星散，同情还
永远是宇宙间不尽的黄金，
不昧的明星；赖你和悦宁静

的环境，和圣洁欢乐的光阴，
我心我智，方始经爬梳洗涤，
灵苗随春草怒生，沐日月光辉，
听自然音乐，哺啜古今不朽
——强半汝亲栽育——的文艺精英：
恍登万丈高峰，猛回头惊见
真善美浩瀚的光华，覆翼在
人造蠕动的下界，朗然照出
生命的经纬脉络，血赤金黄，
尽是爱主恋神的辛勤手绩；
康桥！你岂非是我生命的泉源？
你惠我珍品，数不胜数；最难忘
骞士德顿桥下的星磷坝乐，
弹舞殷勤，我常夜半凭阑干，
倾听牧地黑野中倦牛夜嚼，
水草间鱼跃虫嗤，轻挑静寞；
难忘春阳晚照，泼翻一海纯金，
淹没了寺塔钟楼，长垣短堞，
千百家屋顶烟突，白水青田，
难忘茂林中老树纵横；巨干上
黛薄荼青，却教斜刺的朝霞，
抹上些微胭脂春意，忸怩神色；
难忘七月的黄昏，远树凝寂，
像墨泼的山形，衬出轻柔暝色，

密稠稠，七分鹅黄，三分橘绿，
那妙意只可去秋梦边缘捕捉；
难忘榆荫中深宵清啭的诗禽，
一腔情热，教玫瑰噙泪点首，
满天星环舞幽吟，款住远近
浪漫的梦魂，深深迷恋香境；
难忘村里姑娘的腮红颈白；
难忘屏绣康河的垂柳婆娑，
婀娜的克莱亚，硕美的校友居；
——但我如何能尽数，总之此地
人天妙合，虽微如寸芥残垣，
亦不乏纯美精神：流贯其间，
而此精神，正如宛次宛士所谓
“通我血液，浃我心脏”，
有“镇驯矫饬之功”；
我此去虽归乡土，
而临行怫怫，转若离家赴远；
康桥！我故里闻此，能弗怨汝
僭爱，然我自有谠言代汝答付；
我今去了，记好明春新杨梅
上市时节，盼我含笑归来，
再见吧，我爱的康桥！

黄鹂

一掠颜色飞上了树，
“看，一只黄鹂！”
有人说。
翘着尾尖，它不作声，
艳异照亮了浓密——
像是春光，火焰，像是热情。

等候它唱，我们静着望，
怕惊了它。但它一展翅，
冲破浓密，化一朵彩云；
它飞了，不见了，没了——
像是春光，火焰，像是热情。

季候

一

他俩初起的日子，
像春风吹着春花。
花对风说：“我要，”
风不回话：他给！

二

但春花早变了泥，
春风也不知去向。
她怨，说天时太冷；
“不久就冻冰，”他说。

春

河水在夕阳里缓流，
暮霞胶抹树干树头；
蚱蜢飞，蚱蜢戏吻草光光，
我在春草里看看走走。

蚱蜢匍伏在铁花胸前，
铁花羞得不住的摇头，
草里忽伸出只藕嫩的手，
将孟浪的跳虫拦腰紧搂。

金花菜，银花菜，星星澜澜，
点缀着天然温暖的青毡，
青毡上青年的情耦，
情意胶胶，情话啾啾。

我点头微笑，南向前走，
观赏这青透春透的园囿，
树尽交柯，草也骈偶，
到处是缱绻，是绸缪。

雀儿在人前猥盼亵语，
人在草处心欢面赧，
我羡他们的双双对对，
有谁羡我孤独的徘徊？

孤独的徘徊！
我心须何尝不热奋震颤，
答应这青春的呼唤，
燃点着希望灿灿，
春呀！你在我怀抱中也！

两个月亮

我望见有两个月亮：
一般的样，不同的相。
一个这时正在天上，
披敞着雀毛的衣裳；
她不吝惜她的恩情，
满地全是她的金银。
她不忘故宫的琉璃，
三海间有她的清丽。
她跳出云头，跳上树，
又躲进新绿的藤萝。
她那样玲珑，那样美，
水底的鱼儿也得醉！
但她有一点子不好，
她老爱向瘦小里耗；
有时满天只见星点，
没了那迷人的圆脸，
虽则到时候照样回来，
但这份相思有些难挨！

还有那个你看不见，
虽则不提有多么艳！

她也有她醉涡的笑，
还有转动时的灵妙；
说慷慨她也从不让人，
可惜你望不到我的园林！
可贵是她无边的法力，
常把我灵波向高里提：
我最爱那银涛的汹涌，
浪花里有音乐的银钟；
就那些马尾似的白沫，
也比得珠宝经过雕琢。
一轮完美的明月，
又况是永不残缺！
只要我闭上这一双眼，
她就婷婷的升上了天！

偶然

我是天空里的一片云，
偶尔投影在你的波心——
你不必讶异，
更无须欢喜——
在转瞬间消灭了踪影。

你我相逢在黑夜的海上，
你有你的，我有我的，方向；
你记得也好，
最好你忘掉，
在这交会时互放的光亮！

雪花的快乐

假如我是一朵雪花，
翩翩的在半空里潇洒，
我一定认清我的方向——
飞扬，飞扬，飞扬，
——这地面上有我的方向。

不去那冷寞的幽谷，
不去那凄清的山麓，
也不上荒街去惆怅——
飞扬，飞扬，飞扬，
——你看，我有我的方向！

在半空里娟娟的飞舞，
认明了那清幽的住处，
等着她来花园里探望——
飞扬，飞扬，飞扬，
——啊，她身上有朱砂梅的清香！

那时我凭藉我的身轻，
盈盈的，沾住了她的衣襟，
贴近她柔波似的心胸——
消溶，消溶，消溶
——溶入了她柔波似的心胸！

沙扬娜拉一首

——赠日本女郎

最是那一低头的温柔，
像一朵水莲花不胜凉风的娇羞，
道一声珍重，道一声珍重，
那一声珍重里有蜜甜的忧愁——
沙扬娜拉！

她在那里

她不在这里，
她在那里：

她在白云的光明里：
在澹远的新月里；

她在怯露的谷莲里：
在莲心的露华里；

她在膜拜的童心里，
在天真的烂漫里；

她不在这里，
她在自然的至粹里！

乡村里的音籁

小舟在垂柳荫间缓泛，
一阵阵初秋的凉风，
吹生了水面的漪绒，
吹来两岸乡村里的音籁。

我独自凭着船窗闲憩，
静看着一河的波幻，
静听着远近的音籁，
又一度与童年的情景默契！

这是清脆的稚儿的呼唤，
田野上工作纷纭，
竹篱边犬吠鸡鸣：

但这无端的悲感与凄婉！
白云在蓝天里飞行，
我欲把恼人的年岁，
我欲把恼人的情爱，
托付与无涯的空灵——消泯！

回复我纯朴的，美丽的童心：
像山谷里的冷泉一勺，
像晓风里的白头乳鹊，
像池畔的草花，自然的鲜明。

朝雾里的小草花

这岂是偶然，小玲珑的野花！
你轻含着鲜露颗颗，
怦动的，像是慕光明的花蛾，
在黑暗里想念焰彩，晴霞，
我此时在这蔓草丛中过路，
无端的内感，惘怅与惊讶，
在这迷雾里，在这岩壁下，
思忖着，泪怦怦的，人生与鲜露？

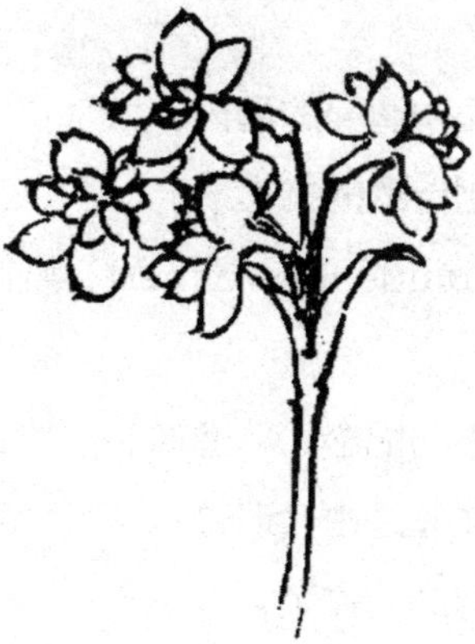

小花篮

—— 送卫礼贤先生

我买一只小小的花篮，
杜陵人手编的兰花篮；

我采集一把青翠的小草，
从玫瑰园外的小河河边；

把那些小草装入了小篮；
小小的纪念，别有风趣可爱。

当年葛德自罗马归来，
载回朝旭似文化的光彩；

如今玫瑰园中清简的屋内，
贴近他创制诗歌的书案。
（Rosen-garden在Weimer葛德制诗处）

留着个小小的纪念：非造像，
非画件，亦非是古代遗迹：
一束罗马特产的鲜菜，

如今僵缩成一小撮的灰骸！

这一小撮僵缩的灰骸，
却最澄见他宏坦的诗怀！

我冥想历史进行之参差，
问何年这伟大的明星再来？

听否那黄海东海南海的潮声，
声声问华族的灵魂何时自由？

我自游槐马归来，不过一年，
那小篮里的鲜花，已成枯蜷；

我感怀于光阴造作之荣衰，
亦憬然于生生无已之循环；

便历尽了人间的悲欢变幻，
也只似微波在造化无边之海！

西伯利亚道中忆西湖秋雪庵芦色作歌

我捡起一枝肥圆的芦梗，
在这秋月下的芦田；
我试一试芦笛的新声，
在月下的秋雪庵前。

这秋月是纷飞的碎玉，
芦田是神仙的别殿；
我弄一弄芦管的幽乐——
我映影在秋雪庵前。

我先吹我心中的欢喜——
清风吹露芦雪的酥胸；
我再弄我欢喜的心机——
芦田中见万点的飞萤。

我记起了我生平的惆怅，
中怀不禁一阵的凄迷，
笛韵中也听出了新来凄凉——
近水间有断续的蛙啼。

这时候芦雪在明月下翻舞，
我暗地思量人生的奥妙，
我正想谱一折人生的新歌，
啊，那芦笛(碎了)再不成音调！

这秋月是缤纷的碎玉，
芦田是仙家的别殿；
我弄一弄芦管的幽乐，——
我映影在秋雪庵前。

我捡起一支肥圆的芦梗，
在这秋月下的芦田；
我试一试芦笛的新声，
在月下的秋雪庵前。

春的投生

昨晚上，
再前一晚也是的，
在雷雨的猖狂中
春
投生入残冬的尸体。

不觉得脚下的松软，
耳鬓间的温驯吗？
树枝上浮着青，
潭里的水漾成无限的缠绵；
再有你我肢体上
胸膛间的异样的跳动；

桃花早已开上你的脸，
我在更敏锐的消受
你的媚，吞咽
你的连珠的笑；
你不觉得我的手臂
更迫切的要求你的腰身，

我的呼吸投射到你的身上
如同万千的飞萤投向光焰?

这些，还有别的许多说不尽的，
和着鸟雀们的热情的回荡，
都在手携手的赞美着
春的投生。

夏日田间即景（近沙士顿）

柳林青青，
南风熏熏，
幻成奇峰瑶岛，
一天的黄云白云，
那边麦浪中间，
有农妇笑语殷殷。

笑语殷殷——
问后园豌豆肥否，
问杨梅可有鸟来偷；
好几天不下雨了，
玫瑰花还未曾红透；
梅夫人今天进城去，
且看她有新闻无有。

笑语殷殷——
“我们家的如今好了，
已经照常上工去，
不再整天无聊。
不再逞酒使气，
回家来有说有笑，

疼他儿女——爱他妻；
呀！真巧！你看那边，
蓬着头，走来的，笑嘻嘻，
可不是他，（哈哈！）满身是泥！”

南风熏熏，
草木青青，
满地和暖的阳光，
满天的白云黄云，
那边麦浪中间，
有农夫农妇，笑语殷殷。

八月的太阳

八月的太阳晒得黄黄的，
谁说这世界不是黄金？

小雀在树荫里打盹，
孩子们在草地里打滚。

八月的太阳晒得黄黄的，
谁说这世界不是黄金？

金黄的树林，金黄的草地，
小雀们合奏着欢畅的清音：

金黄的茅舍，金黄的麦屯，
金黄是老农们的笑声。

车眺

一

我不能不赞美
这向晚的五月天；
怀抱着云和树
那些玲珑的水田。

二

白云穿掠着晴空，
像仙岛上的白燕！
晚霞正照着它们，
白羽镶上了金边。

三

背着轻快的晚凉，
牛，放了工，呆着做梦；
孩童们在一边蹲，
想上牛背，美，逞英雄！

四

在绵密的树荫下，
有流水，有白石的桥，
桥洞下早来了黑夜，
流水里有星在闪耀。

五

绿是豆畦，阴是桑树林，
幽郁是溪水傍的草丛，
静是这黄昏时的田景，
但你听，草虫们的飞动！

六

月亮在昏黄里上妆，
太阳心慌的向天边跑；
他怕见她，他怕她见，——
怕她见笑一脸的红糟！

翡冷翠的一夜

翡冷翠的一夜

你真的走了，明天？那我，那我，……
你也不用管，迟早有那一天；
你愿意记着我，就记着我，
要不然趁早忘了这世界上
有我，省得想起时空着恼，
只当是一个梦，一个幻想；
只当是前天我们见的残红，
怯怜怜的在风前抖擞，一瓣，
两瓣，落地，叫人踩，变泥……
唉，叫人踩，变泥——变了泥倒干净，
这半死不活的才叫是受罪，
看着寒伧，累赘，叫人白眼——
天呀！你何苦来，你何苦来……
我可忘不了你，那一天你来，
就比如黑暗的前途见了光彩，
你是我的先生，我爱，我的恩人，
你教给我什么是生命，什么是爱，
你惊醒我的昏迷，偿还我的天真，
没有你我哪知道天是高，草是青？
你摸摸我的心，它这下跳得多快；
再摸我的脸，烧得多焦，亏这夜黑

看不见；爱，我气都喘不过来了，
别亲我了；我受不住这烈火似的活，
这阵子我的灵魂就像是火砖上的
熟铁，在爱的锤子下，砸，砸，火花
四散的飞洒……我晕了，抱着我，
爱，就让我在这儿清静的园内，
闭着眼，死在你的胸前，多美！
头顶白杨树上的风声，沙沙的，
算是我的丧歌，这一阵清风，
橄榄林里吹来的，带着石榴花香，
就带了我的灵魂走，还有那萤火，
多情的殷勤的萤火，有他们照路，
我到了那三环洞的桥上再停步，
听你在这儿抱着我半暖的身体，
悲声的叫我，亲我，摇我，咂我，……
我就微笑的再跟着清风走，
随他领着我，天堂，地狱，哪儿都成，
反正丢了这可厌的人生，实现这死
在爱里，这爱中心的死，不强如
五百次的投生？……自私，我知道，
可我也管不着……你伴着我死？
什么，不成双就不是完全的“爱死”，
要飞升也得两对翅膀儿打伙，
进了天堂还不一样的要照顾，

我少不了你，你也不能没有我；
要是地狱，我单身去你更不放心，
你说地狱不定比这世界文明
（虽则我不信，）像我这娇嫩的花朵，
难保不再遭风暴，不叫雨打，
那时候我喊你，你也听不分明，——
那不是求解脱反投进了泥坑，
倒叫冷眼的鬼串通了冷心的人，
笑我的命运，笑你懦怯的粗心？
这话也有理，那叫我怎么办呢？
活着难，太难，就死也不得自由，
我又不愿你为我牺牲你的前程……
唉！你说还是活着等，等那一天！
有那一天吗？——你在，就是我的信心；
可是天亮你就得走，你真的忍心
丢了我走？我又不能留你，这是命；
但这花，没阳光晒，没甘露浸，
不死也不免瓣尖儿焦萎，多可怜！
你不能忘我，爱，除了在你的心里，
我再没有命；是，我听你的话，我等，
等铁树儿开花我也得耐心等；
爱，你永远是我头顶的一颗明星：
要是不幸死了，我就变一个萤火，
在这园里，挨着草根，暗沉沉的飞，

黄昏飞到半夜，半夜飞到天明，
只愿天空不生云，我望得见天，
天上那颗不变的大星，那是你，
但愿你为我多放光明，隔着夜，
隔着天，通着恋爱的灵犀一点……

在那山道旁

在那山道旁，一天雾蒙蒙的朝上，
初生的小蓝花在草丛里窥觑，
我送别她归去，与她在此分离，
在青草里飘拂，她的洁白的裙衣。

我不曾开言，她亦不曾告辞，
驻足在山道旁，我暗暗的寻思：
“吐露你的秘密，这不是最好时机？”——
露湛的小草花，仿佛恼我的迟疑。

为什么迟疑，这是最后的时机，
在这山道旁，在这雾茫的朝上？
收集了勇气，向着她我旋转身去：——
但是啊！为什么她这满眼凄惶？

我咽住了我的话，低下了我的头：
火灼与冰激在我的心胸间回荡，
啊，我认识了我的命运，她的忧愁，——
在这浓雾里，在这凄清的道旁！

在那天朝上，在雾茫茫的山道旁，
新生的小蓝花在草丛里睥睨，
我目送她远去，与她从此分离——
在青草间飘拂，她那洁白的裙衣！

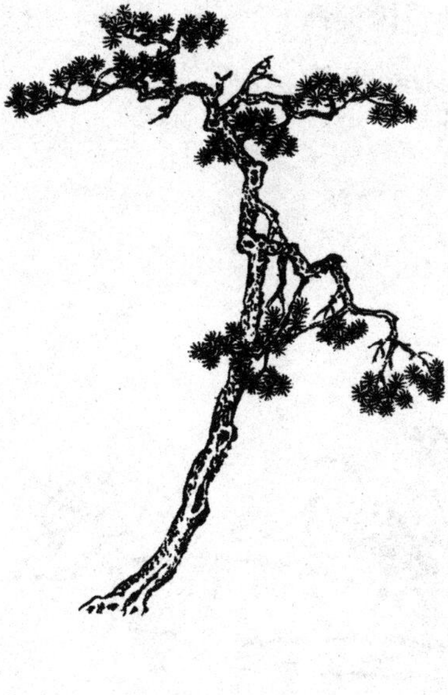

深夜

深夜里，街角上，
梦一般的灯芒。

烟雾迷裹着树！
怪得人错走了路？

“你害苦了我——冤家！”
她哭，他——不答话。

晓风轻摇着树尖：
掉了，早秋的红艳。

雁儿们

雁儿们在云空里飞，
看她们的翅膀，
看她们的翅膀，
有时候纡回，
有时候匆忙。

雁儿们在云空里飞，
晚霞在她们身上，
晚霞在她们身上，
有时候银辉，
有时候金芒。

雁儿们在云空里飞，
听她们的歌唱！
听她们的歌唱！
有时候伤悲，
有时候欢畅。

雁儿们在云空里飞，
为什么翱翔？
为什么翱翔？

她们少不少旅伴？
她们有没有家乡？

雁儿们在云空里彷徨，
天地就快昏黑！
天地就快昏黑！
前途再没有天光，
孩子们往哪儿飞？

天地在昏黑里安睡，
昏黑迷住了山林，
昏黑催眠了海水；
这时候有谁在倾听
昏黑里泛起的伤悲。

不再是我的乖乖

前天我是一个小孩，
这海滩最是我的爱；
早起的太阳赛如火炉，
趁暖和我来做我的工夫：
捡满一衣兜的贝壳，
在这海砂上起造宫阙；
哦，这浪头来得凶恶，
冲了我得意的建筑，——
我喊一声海，海！
你是我小孩儿的乖乖！

昨天我是一个“情种”，
到这海滩上来发疯；
西天的晚霞慢慢的死，
血红变成姜黄，又变紫，
一颗星在半空里窥伺，
我匐伏在砂堆里画字，
一个字，一个字，又一个字，
谁说不是我心爱的游戏？
我喊一声海，海！
不许你有一点儿的更改！

今天！咳，为什么要有今天？
不比从前，没了我的疯癫，
再没有小孩时的新鲜，
这回再不来这大海的边沿！
头顶不见天光的方便，
海上只暗沉沉的一片，
暗潮侵蚀了砂字的痕迹，
却冲不淡我悲惨的颜色——
我喊一声海，海！
你从此不再是我的乖乖！

变与不变

树上的叶子说："这来又变样儿了，
你看，有的是抽心烂，
有的是卷边焦！"
"可不是，"
答话的是我自己的心：
它也在冷酷的西风里褪色，凋零。

这时候连翩的明星爬上了树尖；
"看这儿，"它们仿佛说：
"有没有改变？"
"看这儿，"
无形中又发动了一个声音，
"还不是一样鲜明？"
——插话的是我的魂灵！

运命的逻辑

一

前天她在水晶宫似照亮的大厅里跳舞——
多么亮她的袜！
多么滑她的发！
她那牙齿上的笑痕叫全堂的男子们疯魔。

二

昨来她短了资本，
变卖了她的灵魂；
那戴喇叭帽的魔鬼在她的耳边传授了秘诀，
她起了皱纹的脸又搽上不少男人们的心血。

三

今天在城隍庙前阶沿上坐着的这个老丑，
她胸前挂着一串，不是珍珠，是男子们的骷髅；
神道见了她摇头，
魔鬼见了她哆嗦！

阔的海

阔的海，
空的天，
我不需要，
我也不想放一只巨大的纸鹞，
上天去捉弄四面八方的风；
我只要一分钟
我只要一点光
我只要一条缝，——
像一个小孩爬伏
在一间暗屋的窗前，
望着西天边不死的
一条缝，
一点光，
一分钟。

沪杭车中

匆匆匆！催催催！
一卷烟，一片山，几点云影，
一道水，一条桥，一支橹声，
一林松，一丛竹，红叶纷纷；

艳色的田野，艳色的秋景，
梦境似的分明，模糊，消隐——
催催催！是车轮还是光阴？
催老了秋容，催老了人生！

一星弱火

我独坐在半山的石上，
看前峰的白云蒸腾，
一只不知名的小雀，
嘲讽着我迷惘的神魂。

白云一饼饼的飞升，
化入了辽远的无垠；
但在我逼仄的心头，啊，
却凝敛着惨雾与愁云！

皎洁的晨光已经透露，
洗净了青屿似的前峰；
像墓墟间的磷光惨淡，
一星的微焰在我的胸中。

但这惨淡的弱火一星，
照射着残骸与余烬，
虽则是往迹的嘲讽，
却绵绵的长随时间进行！

珊瑚

你再不用想我说话，
我的心早沉在海水底下；
你再不用向我叫唤，
因为我——我再不能回答！

除非你——除非你也来在
这珊瑚骨环绕的又一世界；
等海风定时的一刻清静，
你我来交互你我的幽叹。

草上的露珠儿

草上的露珠儿
颗颗是透明的水晶球，
新归来的燕儿
在旧巢里呢喃个不休；

诗人哟！可不是春至人间
还不开放你
创造的喷泉，
嗤嗤！吐不尽南山北山的璠瑜，
洒不完东海西海的琼珠，
融和琴瑟箫笙的音韵，
饮餐星辰日月的光明！

诗人哟！可不是春在人间，
还不开放你
创造的喷泉！
这一声霹雳
震破了漫天的云雾，
显焕的旭日
又升临在黄金的宝座；

柔软的南风
吹皱了大海慷慨的面容，
洁白的海鸥
上穿云下没波自在优游；

诗人哟！可不是趁航时候，
还不准备你
歌吟的渔舟！
看哟！那白浪里
金翅的海鲤
白嫩的长鲵，
虾须和螃脐！
快哟！一头撒网一头放钩，
收！收！
你父母妻儿亲戚朋友
享定了希世的珍馐。

诗人哟！可不是趁航时候，
还不准备你
歌吟的渔舟！

诗人哟！
你是时代精神的先觉者哟！
你是思想艺术的集成者哟！

你是人天之际的创造者哟！
你资材是河海风云，
鸟兽花草神鬼蝇蚊，
一言以蔽之：天文地文人文；

你的洪炉是“印曼桀乃欣”，
永生的火焰“烟士披里纯”，
炼制着诗化美化灿烂的鸿钧；
你是高高在上的云雀天鹨，
纵横四海不问今古春秋，
散布着希世的音乐锦绣；

你是精神困穷的慈善翁，
你展览真善美的万丈虹，
你居住在真生命的最高峰。

海韵

一

“女郎，单身的女郎，
你为什么留恋
这黄昏的海边？——
女郎，回家吧，女郎！”
“啊不；回家我不回。
我爱这晚风吹。”——
在沙滩上，在暮霭里，
有一个散发的女郎——
徘徊，徘徊。

二

“女郎，散发的女郎，
你为什么彷徨
在这冷清的海上？
女郎，回家吧，女郎！”
“啊不；你听我唱歌，
大海，我唱，你来和。”——
在星光下，在凉风里。

轻荡着少女的清音——
高吟，低哦。

三

“女郎，胆大的女郎！
那天边扯起了黑幕，
这顷刻间有恶风波，——
女郎，回家吧，女郎！”
“啊不；你看我凌空舞，
学一个海鸥没海波。”——
在夜色里，在沙滩上，
急旋着一个苗条的身影，——
婆娑，婆娑。

四

“听呀，那大海的震怒，
女郎，回家吧，女郎！
看呀，那猛兽似的海波，
女郎，回家吧，女郎！”
“啊不；海波他不来吞我，
我爱这大海的颠簸！”——
在潮声里，在波光里，

啊，一个慌张的少女在海沫里，
蹉跎，蹉跎。

五

“女郎，在哪里，女郎？
在哪里，你嘹亮的歌声？
在哪里，你窈窕的身影？
在哪里，啊，勇敢的女郎？”
黑夜吞没了星辉，
这海边再没有光芒；
海潮吞没了沙滩，
沙滩上再不见女郎，——
再不见女郎！

三月十二深夜大沽口外

今夜困守在大沽口外；
绝海里的俘虏，
对着忧愁申诉；
桅上的孤灯在风前摇摆：
天昏昏有层云裹，
那掣电是探海火！

你说不自由是这变乱的时光？
但变乱还有时罢休，
谁敢说人生有自由？
今天的希望变作明天的怅惘；
星光在天外冷眼瞅，
人生是浪花里的浮沤！

我此时在凄冷的甲板上徘徊，
听海涛迟迟的吐沫，
心空如不波的湖水；
只一丝云影在这湖心里晃动——
不曾渗透的一个迷梦，
不忍渗透的一个迷梦！

再不见雷峰

再不见雷峰，雷峰坍成了一座大荒冢，
顶上有不少交抱的青葱；
顶上有不少交抱的青葱，
再不见雷峰，雷峰坍成了一座大荒冢。

为什么感慨，对着这光阴应分的摧残？
世上多的是不应分的变态；
世上多的是不应分的变态，
发什么感慨，对着这光阴应分的摧残？

为什么感慨，这塔是镇压，这坟是掩埋——
镇压还不如掩埋来得痛快！
镇压还不如掩埋来得痛快，
发什么感慨，这塔是镇压，这坟是掩埋！

再没有雷峰，雷峰从此掩埋在人的记忆中，
像曾经的幻梦，曾经的爱宠；
像曾经的幻梦，曾经的爱宠，
再没有雷峰，雷峰从此掩埋在人的记忆中。

一块晦色的路碑

脚步轻些，过路人！
休惊动那最可爱的灵魂，
如今安眠在这地下，
有绛色的野草花掩护她的余烬。

你且站定，在这无名的土阜边，
任晚风吹弄你的衣襟；
倘如这片刻的静定感动了你的悲悯，
让你的泪珠圆圆的滴下——
为这长眠着的美丽的灵魂！

过路人，假若你也曾
在这人间不平的道上颠顿，
让你此时的感愤凝成最锋利的悲悯，
在你的激震着的心叶上，
刺出一滴，两滴的鲜血——
为这遭冤屈的最纯洁的灵魂！

在不知名的道旁（印度）

什么无名的苦痛，悲悼的新鲜，
什么压迫，什么冤屈，什么烧烫
你体肤的伤，妇人，使你蒙着脸
在这昏夜，在这不知名的道旁，
任凭过往人停步，讶异的看你，
你只是不作声，黑绵绵的坐地？

还有蹲在你身旁悚动的一堆，
一双小黑眼闪荡着异样的光，
像暗云天偶露的星稀，她是谁？
疑惧在她脸上，
可怜的小羔羊，

她怎知道人生的严重，夜的黑，
她怎能明白运命的无情，惨刻？

聚了，又散了，过往人们的讶异。
刹那的同情也许；
但他们不能为你停留，
妇人，你与你的儿女；
伴着你的孤单，
只昏夜的阴沉，
与黑暗里的萤光，
飞来你身旁，
来照亮那小黑眼闪荡的星芒！

多谢天！我的心又一度的跳荡

多谢天！我的心又一度的跳荡，
这天蓝与海青与明洁的阳光，
驱净了梅雨时期无欢的踪迹，
也散放了我心头的网罗与纽结，
像一朵曼陀罗花英英的露爽，
在空灵与自由中忘却了迷惘：——
迷惘，迷惘！
也不知来自何处，
囚禁着我心灵的自然的流露，
可怖的梦魇，
黑夜无边的惨酷，
苏醒的盼切，
只增剧灵魂的麻木！
曾经有多少的白昼，黄昏，清晨，
嘲讽我这蚕茧似不生产的生存？
也不知有几遭的明月，星群，晴霞，
山岭的高亢与流水的光华……
辜负！辜负自然界叫唤的殷勤，
惊不醒这沉醉的昏迷与顽冥！

如今，多谢这无名的博大的光辉，
在艳色的青波与绿岛间潆洄，
更有那渔船与帆影，亭亭的黏附
在天边，唤起辽远的梦景与梦趣：
我不由的惊悚，我不由的感愧；
（有时微笑的妩媚是启悟的棒槌！）
是何来倏忽的神明，为我解脱
忧愁，新竹似的豁裂了外箨，
透露内裹的青篁，
又为我洗净
障眼的盲翳，
重见宇宙间的欢欣。

这或许是我生命重新的机兆；
大自然的精神！
容纳我的祈祷，
容许我的不踌躇的注视，容许
我的热情的献致，容许我保持
这显示的神奇，
这现在与此地，
这不可比拟的一切间隔的毁灭！
我更不问我的希望，我的惆怅，
未来与过去只是渺茫的幻想，

更不向人间访问幸福的进门，
只求每时分给我不死的印痕，——
变一颗埃尘，一颗无形的埃尘，
追随着造化的车轮，进行，进行……

问谁

问谁？呵，这光阴的播弄
问谁去声诉，
在这冻沉沉的深夜，凄风
吹拂她的新墓？

“看守，你须用心的看守，
这活泼的流溪，
莫错过，在这清波里优游，
青脐与红鳍！”

那无声的私语在我的耳边
似曾幽幽的吹嘘，——
像秋雾里的远山，半化烟，
在晓风前卷舒。

因此我紧揽着我生命的绳网，
像一个守夜的渔翁，
兢兢的，注视著那无尽流的时光——
私冀有彩鳞掀涌。

但如今，如今只余这破烂的渔网——

嘲讽我的希冀，
我喘息的怅望着不复返的时光；
泪依依的憔悴！

又何况在这黑夜里徘徊，
黑夜似的痛楚：
一个星芒下的黑影凄迷——
留连著一个新墓！

问谁……我不敢抢呼，怕惊扰
这墓底的清淳；
我俯身，我伸手向她搂抱——
啊，这半潮润的新坟！

这惨人的旷野无有边沿，
远处有村火星星，
丛林中有鸱鸮在悍辩——
此地有伤心，只影！

这黑夜，深沉的，环包着大地；
笼罩着你与我——
你，静凄凄的安眠在墓底；
我，在迷醉里摩挲！
正愿天光更不从东方

按时的泛滥：
我便永远依偎着这墓旁——
在沉寂里消幻——

但青曦已在那天边吐露，
苏醒的林鸟，
已在远近间相应喧呼——
又是一度清晓。

不久，这严冬过去，东风
又来催促青条：
便妆缀这冷落的墓宫，
亦不无花草飘飖。

但为你，我爱，如今永远封禁
在这无情的地下——
我更不盼天光，更无有春信：
我的是无边的黑夜！

新催妆曲

一

新娘，你为什么紧锁你的眉尖，
（听掌声如春雨吼，
鼓乐暴雨似的流！）
在缤纷的花雨中步慵慵的向前：
（向前，向前，
到礼台边，
见新郎面！）
莫非这嘉礼惊醒了你的忧愁：
一针针的忧愁，
你的芳心刺透，
逼迫你热泪流，——
新娘，为什么你紧锁你的眉尖？

二

新娘，这礼堂不是杀人的屠场，
（听掌声如震天雷，
闹乐暴雨似的催！）
那台上站着的不是吃人的魔王：

他是新郎，
他是新郎，
你的新郎；
新娘，美满的幸福等在你的前面，
你快向前，
到礼台边，
见新郎面——
新娘，这礼堂不是杀人的屠场！

三

新娘，有谁猜得你的心头怨？——
（听掌声如劈山雷，
鼓乐暴雨似的催，
催花巍巍的新人快步的向前，
向前，向前，
到礼台边，
见新郎面。）
莫非你到今朝，这定运的一天，
又想起那时候，
他热烈的抱搂，
那颤栗，那绸缪——
新娘，有谁猜得你的心头怨？

四

新娘，把钩消的墓门压在你的心上：
（这礼堂是你的坟场，
你的生命从此埋葬！）
让伤心的热血添浓你颊上的红光；
（你快向前，
到礼台边，
见新郎面！）
忘却了，永远忘却了人间有一个他：
让时间的灰烬，
掩埋了他的心，
他的爱，他的影，——
新娘，谁不艳羡你的幸福，你的荣华！

清风吹断春朝梦

片片鹅绒眼前纷舞，
疑是梅心蝶骨醉春风；
一阵阵残琴碎箫鼓，
依稀山风催瀑弄青松；

梦底的幽情，素心，
缥缈的梦魂，梦境，——
都教晓鸟声里的清风，
轻轻吹拂——吹拂我枕衾，
枕上的温存——，将春梦解成
丝丝缕缕，零落的颜色声音！
这些深灰浅紫，梦魂的认识，
依然黏恋在梦上的边陲。
无如风吹尘起，漫潦梦屐，
纵心愿归去，也难不见涂踪便；

清风！你来自青林幽谷，
款布自然的音乐，
轻怀草意和花香，
温慰诗人的幽独，
攀帘问小姑无恙，

知否你晨来呼唤，
唤散一缘绻缱——
梦里深农的恩缘？
任春朝富的温柔，
问谁偿逍遥自由？
只看一般梦意阑珊，——
诗心，恋魂，理想的彩云，——
一似狼藉春阴的玫瑰，
一似鹃鸟黎明的幽叹，
韵断香散，仰望天高云远，
梦翅双飞，一逝不复还！

一个噩梦

我梦见你——啊，你那憔悴的神情！——
手捧着鲜花腼腆的做新人；
我恼恨——我恨你的良心，
我又不忍，不忍你的疲损。

你为什么负心？我大声的诃问——
但那喜庆的闹乐侵蚀了我的恚愤；
你为什么背盟？我又大声的诃问——
那碧绿的灯光照出你两腮的泪痕！

仓皇的，仓皇的，我四顾观礼的来宾——
为什么这满堂的鬼影与逼骨的阴森？
我又转眼看那新郎——啊，上帝有灵光！——
却原来，偎傍着我爱，是一架骷髅狰狞！

悲思

悲思在庭前——
不；但看
新萝憨舞，
紫藤吐艳，
蜂忞蝶恋——
悲思不在庭前。

悲思在天上——
不；但看——
青白长空，
气宇晴朗，
云雀回舞——
悲思不在天上。

悲思在我笔里——
不；但看
白净长毫，
正待抒写，
浩坦心怀——
悲思不在我的笔里。

悲思在我纸上——
不；但看
质净色清，
似在腼盼，
诗意春情——
悲思不在我的纸上。

悲思莫非在我……
心里——
心如古墟，
野草不株，
心如冻泉，
冰结活源，
心如冬虫，
久蛰久噤——
不，悲思不在我的心里！

秋月呀

秋月呀！
谁禁得起银指尖儿
浪漫地搔爬呵！
不信但看那一海的轻涛，
可不是禁不住它玉指的抚摩，
在那里低徊饮泣呢！

就是那，
无聊的熏烟。
秋月的美满，
熏暖了飘心冷眼，
也清冷地穿上了轻缟的衣裳，
来参与这
美满的婚姻和丧礼。

柔情满怀的心

哀曼殊斐儿

我昨夜梦入幽谷，
听子规在百合丛中泣血，
我昨夜梦登高峰，
见一颗光明泪自天坠落。

罗马西郊有座暮园，
静偃着百年前客殇的诗骸；
百年后海岱士黑辇的车轮。
又喧响在芳丹卜罗榆青之间。

说宇宙是无情的机械，
为甚明灯似的理想闪耀在前；
说造化是真美善之创现，
为甚五彩虹不常住天边？

我与你虽仅一度相见——
但那二十分不死的时间！
谁能信你那仙姿灵态，
竟已朝露似的永别人间？

非也！生命只是个实体的幻梦；

美丽的灵魂，永承上帝的爱宠；
三十年小住，只似昙花之偶现，
泪花里我想见你笑归仙宫。

你记否伦敦约言，曼殊斐儿！
今夏再见于琴妮湖之边；
琴妮湖永抱着白朗矶的雪影，
此日我怅望云天，泪下点点！

我当年初临生命的消息，
梦觉似的骤感恋爱之庄严；
生命的觉悟是爱之成年，
我今又因死而感生与恋之涯沿！

同情是掼不破的纯晶，
爱是实现生命之唯一途径：
死是座伟秘的洪炉，此中
凝炼万象所从来之神明。

我哀思焉能电花似的飞骋，
感动你在天日遥远的灵魂？
我洒泪向风中遥送，
问何时能戳破生死之门？

我有一个恋爱

我有一个恋爱；——
我爱天上的明星；
我爱他们的晶莹：
人间没有这异样的神明。

在冷峭的暮冬的黄昏，
在寂寞的灰色的清晨，
在海上，在风雨后的山顶——
永远有一颗，万颗的明星！

山涧边小草花的知心，
高楼上小孩童的欢欣，
旅行人的灯亮与南针：——
万万里外闪烁的精灵！

我有一个破碎的魂灵，
像一堆破碎的水晶，
散布在荒野的枯草里——
饱啜你一瞬瞬的殷勤。

人生的冰激与柔情，

我也曾尝味，我也曾容忍；
有时阶砌下蟋蟀的秋吟，——
引起我心伤，逼迫我泪零。

我袒露我的坦白的胸襟，
献爱与一天的明星，
任凭人生是幻是真
地球存在或是消泯——
太空中永远有不昧的明星！

她是睡着了

她是睡着了——
星光下一朵斜欹的白莲；
她入梦境了——
香炉里袅起一缕碧螺烟。

她是眠熟了——
涧泉幽抑了喧响的琴弦；
她在梦乡了——
粉蝶儿，翠蝶儿，翻飞的欢恋。

停匀的呼吸：
清芬，渗透了她的周遭的清氛；
有福的清氛，
怀抱着，抚摩着，她纤纤的身形！

奢侈的光阴！
静，沙沙的尽是闪亮的黄金，
平铺着无垠，
波鳞间轻漾着光艳的小艇。

醉心的光景：

给我披一件彩衣，啜一坛芳醴，
折一枝藤花，
舞，在葡萄丛中颠倒，昏迷。

看呀，美丽！
三春的颜色移上了她的香肌，
是玫瑰，是月季，
是朝阳里的水仙，鲜妍，芳菲！

梦底的幽秘，
挑逗着她的心——纯洁的灵魂，
像一只蜂儿，
在花心恣意的唐突——温存。

童真的梦境！
静默，休教惊断了梦神的殷勤；
抽一丝金络，
抽一丝银络，抽一丝晚霞的紫曛；

玉腕与金梭，
织缣似的精审，更番的穿度——
化生了彩霞，
神阙，安琪儿的歌，安琪儿的舞。

可爱的梨涡，

解释了处女的梦境的欢喜，

像一颗露珠，

颤动的，在荷盘中闪耀着晨曦！

我来扬子江边买一把莲蓬

我来扬子江边买一把莲蓬；
手剥一层层莲衣，
看江鸥在眼前飞，
忍含着一眼悲泪——
我想着你，我想着你，啊小龙！

我尝一尝莲瓤，回味曾经的温存：——
那阶前不卷的重帘，
掩护着同心的欢恋，
我又听着你的盟言，
“永远是你的，我的身体，我的灵魂。”

我尝一尝莲心，我的心比莲心苦；
我长夜里怔忡，
挣不开的恶梦，
谁知我的苦痛？
你害了我，爱，这日子叫我如何过？

但我不能责你负，我不忍猜你变，
我心肠只是一片柔：

你是我的！我依旧
将你紧紧的抱搂——
除非是天翻——
但谁能想象那一天？

落叶小唱

一阵声响转上了阶沿，
（我正挨近着梦乡边；）
这回准是她的脚步了，我想——
在这深夜！

一声剥啄在我的窗上，
（我正靠紧着睡乡旁；）
这准是她来闹着玩——你看，
我偏不张皇！

一个声息贴近我的床，
我说（一半是睡梦，一半是迷惘）：——
“你总不能明白我，你又何苦
多叫我心伤！”

一个喟息落在我的枕边，
（我已在梦乡里留恋；）
“我负了你！”你说——你的热泪
烫着我的脸！

这声响恼着我的梦魂，
（落叶在庭前舞，一阵，又一阵；）
梦完了，呵，回复清醒；恼人的——
却只是秋声！

丁当——清新

檐前的秋雨在说什么？
它说摔了她，忧郁什么？
我手拿起案上的镜框，
在地平上摔了一个丁当。

檐前的秋雨又在说什么？
“还有你心里那个留着做什么？”
蓦地里又听见一声清新——
这回摔破的是我自己的心！

云游

那天你翩翩的在空际云游，
自在，轻盈，你本不想停留
在天的那方或地的那角，
你的愉快是无拦阻的逍遥。

你更不经意在卑微的地面
有一流涧水，虽则你的明艳
在过路时点染了他的空灵，
使他惊醒，将你的倩影抱紧。

他抱紧的只是绵密的忧愁，
因为美不能在风光中静止；
他要，你已飞渡万重的山头，
去更阔大的湖海投射影子！

他在为你消瘦，那一流涧水，
在无能的盼望，盼望你飞回！

鲤跳

那天你走近一道小溪，
我说“我抱你过去，”你说“不；”
“那我总得搀你，”你又说“不。”
“你先过去，”你说，“这水多丽！”

“我愿意做一尾鱼，一支草，
在风光里长，在风光里睡，
收拾起烦恼，再不用流泪：
现在看！我这锦鲤似的跳！”

一闪光艳，你已纵过了水；
脚点地时那轻，一身的笑，
像柳丝，腰哪在俏丽的摇；
水波里满是鲤鳞的霞绮！

别拧我，疼

“别拧我，疼，”……
你说，微锁着眉心。

那“疼”，一个精圆的半吐，
在舌尖上溜——转。

一双眼也在说话，
睛光里漾起
心泉的秘密。

梦
洒开了
轻纱的网。

“你在哪里？”
“让我们死，”你说。

苏苏

苏苏是一个痴心的女子：
像一朵野蔷薇，她的丰姿；
像一朵野蔷薇，她的丰姿——
来一阵暴风雨，摧残了她的身世。

这荒草地里有她的墓碑：
淹没在蔓草里，她的伤悲；
淹没在蔓草里，她的伤悲——
啊，这荒土里化生了血染的蔷薇！

那蔷薇是痴心女的灵魂，
在清早上受清露的滋润，
到黄昏时有晚风来温存，
更有那长夜的慰安，看星斗纵横。

你说这应分是她的平安？
但运命又叫无情的手来攀，
攀，攀尽了青条上的灿烂。——
可怜呵，苏苏她又遭一度的摧残！

月下待杜鹃不来

看一回凝静的桥影，
数一数螺钿的波纹，
我倚暖了石栏的青苔，
青苔凉透了我的心坎；

月儿，你休学新娘羞，
把锦被掩盖你光艳首，
你昨宵也在此勾留，
可听她允许今夜来否？

听远村寺塔的钟声，
像梦里的轻涛吐复收，
省心海念潮的涨歇，
依稀漂泊踉跄的孤舟；

水粼粼，夜冥冥，思悠悠，
何处是我恋的多情友；
风飕飕，柳飘飘，榆钱斗斗，
令人长忆伤春的歌喉。

海边的梦

我独自在海边徘徊，
遥望着无边的霞彩，
我想起了我的爱，
不知她这时候何在？
我在这儿等待——
她为什么不来？
我独自在海边发痴——
沙滩里平添了无数的相思字。

假使她在这儿伴着我，
在这寂寥的海边散步？
海鸥声里，
听私语喁喁，
浅沙滩里，
印交错的脚踪，
我唱一曲海边的恋歌，
爱，你幽幽的低着嗓儿和！

这海边还不是你我的家，
你看那边鲜血似的晚霞；
我们要寻死，

我们交抱着往波心里跳，
绝灭了这皮囊，
好叫你我的恋魂悠久的逍遥。
这时候的新来的双星挂上天堂，
放射着不磨灭的爱的光芒。

夕阳已在沉沉的淡化，
这黄昏的美，
有谁能描画？
莽莽的天涯，
哪里是我的家，
哪里是我的家？
爱人呀，我这般的想着你，
你那里可也有丝毫的牵挂？

起造一座墙

你我千万不可亵渎那一个字，
别忘了在上帝跟前起的誓。
我不仅要你最柔软的柔情，
蕉衣似的永远裹着我的心；
我要你的爱有纯钢似的强，
这这流动的生里起造一座墙；
任凭秋风吹尽满园的黄叶，
任凭白蚁蛀烂千年的画壁；
就使有一天霹雳震翻了宇宙，——
也震不翻你我“爱墙”内的自由！

望月

月；我隔着窗纱，在黑暗中，
望她从巉岩的山肩挣起——
一轮惺忪的不整的光华：
像一个处女，怀抱着贞洁，
惊惶的，挣出强暴的爪牙；

这使我想起你，我爱，当初
也曾在恶运和利齿间捱！
但如今，正如蓝天里明月：
你已升起在幸福的前峰，
洒光辉照亮地面的坎坷！

私语

秋雨在一流清冷的秋水池，
一棵憔悴的秋柳里，
一条怯怜的秋枝上，
一片将黄未黄的秋叶上，
听他亲亲切切喁喁唼唼，
私语三秋的情思情事，情语情节，
临了轻轻将他拂落在秋水秋波的秋晕里，
一涡半转，
跟着秋流去。

这秋雨的私语，
三秋的情思情事，
情诗情节，也掉落在秋水秋波的秋晕里，
一涡半转，
跟着秋流去。

活该

活该你早不来！
热情已变死灰。

提什么已往？——
骷髅的磷光！

将来？——各走各的道，
长庚管不着“黄昏晓”。

爱是痴，恨也是傻；
谁点得清恒河的沙？

不论你梦有多么圆，
周围是黑暗没有边。

比是消散了的诗意，
趁早掩埋你的旧忆。

这苦脸也不用装，
到头儿总是个忘！

得！我就再亲你一口：
热热的！去，再不许停留。

恋爱到底是什么一回事

恋爱他到底是什么一回事？——
他来的时候我还不曾出世；
太阳为我照上了二十几个年头，
我只是个孩子，
认不识半点愁；
忽然有一天——我又爱又恨那一天——
我心坎里痒齐齐的有些不连牵，
那是我这辈子第一次的上当，
有人说是受伤——你摸摸我的胸膛——
他来的时候我还不曾出世，
恋爱他到底是什么一回事？

这来我变了，
一只没笼头的马，
跑遍了荒凉的人生的旷野；
又像那古时间献璞玉的楚人，
手指着心窝，
说这里面有真有真，
你不信时一刀拉破我的心头肉，
看那血淋淋的一掬是玉不是玉；
血！那无情的宰割，

我的灵魂！
是谁逼迫我发最后的疑问？
疑问！这回我自己幸喜我的梦醒，
上帝，我没有病，
再不来对你呻吟！
我再不想成仙，
蓬莱不是我的分；
我只要这地面，
情愿安分的做人，——
从此再不问恋爱是什么一回事，
反正他来的时候我还不曾出世！

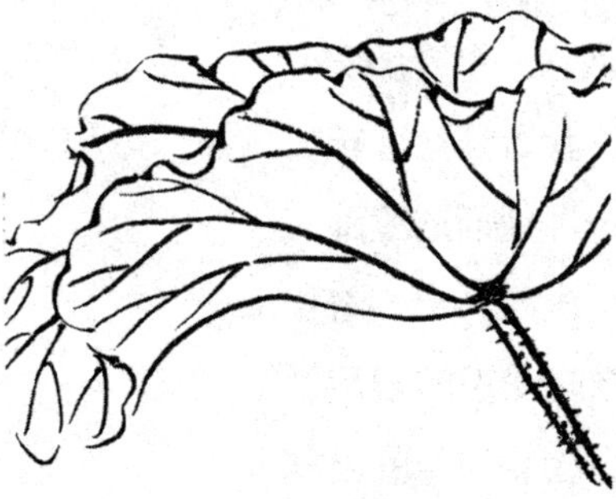

你去

你去，我也走，我们在此分手；
你上那一条大路，你放心走，
你看那街灯一直亮到天边，
你只消跟从这光明的直线！
你先走，我站在此地望着你，
放轻些脚步，别教灰土扬起，
我要认清你的远去的身影，
直到距离使我认你不分明。
再不然我就叫响你的名字，
不断的提醒你有我在这里，
为消解荒街与深晚的荒凉，
目送你归去……
不，我自有主张，
你不必为我忧虑；你走大路，
我进这条小巷，你看那棵树，
高抵着天，我走到那边转弯，
再过去是一片荒野的凌乱：
有深潭，有浅洼，半亮着止水，
在夜芒中像是纷披的眼泪；
有石块，有钩刺胫踝的蔓草，
在期待过路人疏神时绊倒！

但你不必焦心，我有的是胆，
凶险的途程不能使我心寒。
等你走远了，我就大步向前，
这荒野有的是夜露的清鲜；
也不愁愁云深裹，但须风动，
云海里便波涌星斗的流汞；
更何况永远照彻我的心底；
有那颗不夜的明珠，我爱你！

康桥西野暮色

一个大红日挂在西天
紫云绯云褐云
簇族斑斑田田
青草黄田白水
郁郁密密鬋鬋
红瓣黑蕊长梗
罂粟花三三两两

一大块透明的琥珀
千百折云凹云凸
南天北天暗暗默默
东天中天舒舒阖阖
宇宙在寂静中构合
太阳在头赫里告别
一阵临风
几声“可可”

一颗大胆的明星
仿佛骄矜的小艇
抵牾着云涛云潮
兀兀漂漂潇潇

侧眼看暮焰沉销
回头见伙伴来了

晚霞在林间田里
晚霞在原上溪底
晚霞在风头风尾
晚霞在村姑眉际
晚霞在燕喉鸦背
晚霞在鸡啼犬吠

晚霞在田陇陌上
陌上田陇行人种种
白发的老妇老翁
屈躬咳嗽龙钟
农夫工罢回家
肩锄手篮口衔菰巴
白衣裳的红腮女郎

攀折几茎白葩红英
笑盈盈翳入绿荫森森
跟着肥满蓬松的“北京”
罂粟在凉园里摇曳
白杨树上一阵鸦啼
夕照只剩了几痕紫气

满天镶嵌着星巨星细
田里路上寂无声响
榆萌里的村屋微泄灯芒
冉冉有风打树叶的抑扬
前面远远的树影塔光
罂粟老鸦宇宙婴孩
一齐沉沉奄奄眠熟了也

她怕他说出口

（朋友，我懂得那一条骨鲠，
难受不是？——难为你的咽喉；）
“看，那草瓣上蹲着一只蚱蜢，
那松林里的风声像是箜篌。”

（朋友，我明白，你的眼水里
闪动着你的真情的泪晶；）
“看，那一双蝴蝶连翩的飞；
你试闻闻这紫兰花馨！”

（朋友，你的心在怦怦的动，
我的也不一定是安宁；）
“看，那一对雌雄的双虹！
在云天里卖弄着娉婷；”

（这不是玩，还是不出口的好，
我顶明白你灵魂里的秘密；）
“那是句致命的话，你得想到，
回头你再来追悔那又何必！”

（我不愿你进火焰里去遭罪，

就我——就我也不情愿受苦！）
“你看那双虹已经完全破碎；
花草里不见了蝴蝶儿飞舞。”

（耐着！美不过这半绽的花蕾；
何必再添深这颊上的薄晕？）
“回走吧，天色已是怕人的昏黑，——
明儿再来看鱼肚色的朝云！”

月夜听琴

是谁家的歌声，
和悲缓的琴音，
星茫下，松影间，
有我独步静听。

音波，颤震的音波，
穿破昏夜的凄清，
幽冥，草尖的鲜露，
动荡了我的灵府。

我听，我听，我听出了
琴情，歌者的深心。
枝头的宿鸟休惊，
我们已心心相印。

休道她的芳心忍，
她为你也曾吞声，
休道她淡漠，冰心里
满蕴着热恋的火星。
记否她临别的神情，
满眼的温柔和酸辛，

你握着她颤动的手——
一把恋爱的神经！

记否你临别的心境，
冰流沦彻你全身，
满腔的抑郁，一海的泪，
可怜不自由的魂灵？

松林中的风声哟！
休扰我同情的倾诉；
人海中能有几次
恋潮淹没我的心滨？

那边光明的秋月，
已经脱卸了云衣，
仿佛喜声地笑道：
“恋爱是人类的生机！”

我多情的伴侣哟！
我羡你蜜甜的爱唇，
却不道黄昏和琴音
联就了你我的神交！

杜鹃

杜鹃，多情的鸟，他终宵唱：
在夏荫深处，仰望着流云
飞蛾似围绕月亮的明灯，
星光疏散如海滨的渔火，
甜美的夜在露湛里休憩，
他唱，他唱一声“割麦插禾”——
农夫们在天放晓时惊起。

多情的鹃鸟，他终宵声诉，
是怨，是慕，他心头满是爱
满是苦，化成缠绵的新歌，
柔情在静夜的怀中颤动；
他唱，口滴着鲜血，斑斑的，
染红露盈盈的草尖，晨光
轻摇着园林的迷梦；他叫，
他叫，他叫一声：“我爱哥哥！”

盖上几片油纸

一片，一片，半空里
掉下雪片；
有一个妇人，有一个妇人
独坐在阶沿。

虎虎的，虎虎的，风响
在树林间；
有一个妇人，有一个妇人，
独自在哽咽。

为什么伤心，妇人，
这大冷的雪天？
为什么啼哭，莫非是
失掉了钗钿？

不是的，先生，不是的，
不是为钗钿；
也是的，也是的，我不见
我的心恋。

那边松林里，山脚下，先生，
有一只小木箧，
装着我的宝贝，我的心，
三岁儿的嫩骨！

昨夜我梦见我的儿
叫一声“娘呀——
天冷了，天冷了，天冷了，
儿的亲娘呀！”

今天果然下大雪，屋檐前
望得见冰条，
我在冷冰冰的被窝里摸——
摸我的宝宝。

方才我买来几张油纸，
盖在儿的床上；
我唤不醒我熟睡的儿——
我因此心伤。

一片，一片，半空里
掉下雪片；
有一个妇人，有一个妇人，

独坐在阶沿。
虎虎的，虎虎的，风响
在树林间；
有一个妇人，有一个妇人，
独自在哽咽。

给母亲

母亲，那还只是前天
我完全是你的，
你唯一的儿；
你那时是我思想与关切的中心：
太阳在天上，
你在我的心里；
每回你病了，
妈妈，如其医生们说病重，
我就忍不着背着你哭，
心想着世界的末日快来了；
那时我再没有更快活的时刻，除了
和你一床睡着，
我亲爱的妈妈，
枕着你的臂膀，
贴近你的胸膛，
跟着你和平的呼吸放心的睡熟，
正像是一个初离奶的小孩。

但在那二十几年间
虽则那样真挚的忠心的爱，

我自己却并不知道；
“爱”那个不顺口的字，
那时不在我的口边，
就这先天的一点孝心完全浸没了
我的天性与生命。
这来的变化多大呀！
这不是说，真的，我不再爱你，
妈！或是爱你不比早年，那不是实情；
只是我新近懂得了爱，
再不像原先那天真的童子的爱，
这来是成人的爱了：
我，妈的孩子，
已经醒起，并且觉悟了
这古怪的生命要求；

生命，它那进口的大门是
一座不灭的烈焰！爱——
谁要领悟这里面的奥妙，
谁要觉着这里面的搏动，
（在我们中间能有几个到死不留遗憾的！）
就得投身进这焰腾腾的门内去——
但是，妈，亲爱的，让我今天明白的招认
对父母的爱，孝，不是爱的全部；

那是不够的，迟早有一天，
这“爱人”化的儿子会得不自主的
移转他那思想与关切的中心，
从他骨肉的来源，
到那唯一的灵魂，
他如今发现这是上帝的旨意
应得与他自己的融合成一体——

自今以后——
不必担心，亲爱的母亲，不必愁
你唯一的儿子会得在情感上远着你们——
啊不，你正应得欢喜，妈妈呀！
因为他，你的儿，从今起能爱，
是的，能用双倍的力量来爱你，
他的忠心只是比先前益发的集中了；
因为他，你的孩儿，
已经寻着了快乐，
身体与灵魂，
并且初次觉着这世界还是值得一住的，
他从没有这样想过，
人生也不是过分的刻薄——
他这来真的得着了他应有的名分，
因此他在感激与欢喜中竟想

赞美人生与宇宙了！
妈呀“我们俩”赤心的，联心的爱你，
真真的爱你，
像一对同胞的稚鸽在睡醒时
爱白天的清光。

这是一个懦怯的世界

这是一个懦怯的世界

这是一个懦怯的世界，
容不得恋爱，容不得恋爱！
披散你的满头发，
赤露你的一双脚；
跟着我来，我的恋爱，
抛弃这个世界
殉我们的恋爱！

我拉着你的手，
爱，你跟着我走；
听凭荆棘把我们的脚心刺透，
听凭冰雹劈破我们的头，
你跟着我走，
我拉着你的手，
逃出了牢笼，恢复我们的自由！

跟着我来，
我的恋爱！
人间已经掉落在我们的后背，——
看呀，这不是白茫茫的大海？
白茫茫的大海，

白茫茫的大海，
无边的自由，我与你与恋爱！

顺着我的指头看，
那天边一小星的蓝——
那是一座岛，岛上有青草，
鲜花，美丽的走兽与飞鸟；
快上这轻快的小艇，
去到那理想的天庭——
恋爱，欢欣，自由——
辞别了人间，永远！

生活

阴沉，黑暗，毒蛇似的蜿蜒，
生活逼成了一条甬道：
一度陷入，你只可向前，
手扪索着冷壁的黏潮，

在妖魔的脏腑内挣扎，
头顶不见一线的天光，
这魂魄，在恐怖的压迫下，
除了消灭更有什么愿望？

去吧

去吧，人间，去吧！
我独立在高山的峰上；
去吧，人间，去吧！
我面对着无极的穹苍。

去吧，青年，去吧！
与幽谷的香草同埋；
去吧，青年，去吧！
悲哀付与暮天的群鸦。

去吧，梦乡，去吧！
我把幻景的玉杯摔破；
去吧，梦乡，去吧！
我笑受山风与海涛之贺。

去吧，种种，去吧！
当前有插天的高峰；
去吧，一切，去吧！
当前有无穷的无穷！

残春

昨天我瓶子里斜插着的桃花，
是朵朵媚笑在美人的腮边挂；
今儿它们全低了头，全变了相：——
红的白的尸体倒悬在青条上。

窗外的风雨报告残春的运命，
丧钟似的音响在黑夜里叮咛：
“你那生命的瓶子里的鲜花也
变了样；艳丽的尸体，谁给收殓？”

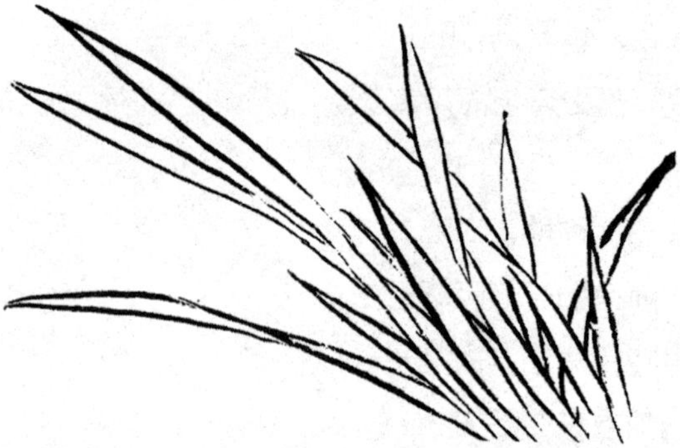

残诗

怨谁？
怨谁？
这不是青天里打雷？
关着，
锁上；
赶明儿瓷花砖上堆灰！

别瞧这白石台阶儿光滑，
赶明儿，
唉，石缝里长草，
石板上青青的全是莓！

那廊下的青玉缸里养着鱼，真凤尾，
可还有谁给换水，
谁给捞草，谁给喂？
要不了三五天准翻着白肚鼓着眼，
不浮着死，也就让冰分儿压一个扁！

顶可怜是那几个红嘴绿毛的鹦哥，
让娘娘教得顶乖，
会跟着洞箫唱歌，

真娇养惯，喂食一迟，
就叫人名儿骂，
现在，您叫去！
就剩空院子给您答话！
……

为谁

这几天秋风来得格外的尖厉：
我怕看我们的庭院，
树叶伤鸟似的猛旋，
中着了无形的利箭——
没了，全没了：生命，颜色，美丽！

就剩下西墙上的几道爬山虎：
它那豹斑似的秋色，
忍熬着风拳的打击，
低低的喘一声乌邑——
“我为你耐着！”它仿佛对我声诉。

它为我耐着，那艳色的秋萝，
但秋风不容情的追，
追，（摧残是它的恩惠！）
追尽了生命的余辉——
这回墙上不见了勇敢的秋萝！

今夜那青光的三星在天上，倾听着秋后的空院，
悄悄的，更不闻呜咽：
落叶在泥土里安眠——
只我在这深夜，啊，为谁凄惘？

为要寻一个明星

我骑着一匹拐腿的瞎马，
向着黑夜里加鞭；——
向着黑夜里加鞭，
我跨着一匹拐腿的瞎马！

我冲入这黑绵绵的昏夜，
为要寻一颗明星；——
为要寻一颗明星，
我冲入这黑茫茫的荒野。

累坏了，累坏了我跨下的牲口，
那明星还不出现；——
那明星还不出现，
累坏了，累坏了马鞍上的身手。

这回天上透出了水晶似的光明，
荒野里倒着一只牲口，
黑夜里躺着一具尸首。——
这回天上透出了水晶似的光明！

哈代

哈代，厌世的，不爱活的，
这回再不用怨言，
一个黑影蒙住他的眼？
去了，他再不露脸。

八十八年不是容易过，
老头活该他的受，
扛着一肩思想的重负，
早晚都不得放手。

为什么放着甜的不尝，
暖和的座儿不坐，
偏挑那阴凄的调儿唱，
辣味儿辣得口破。

他是天生那老骨头僵，
一对眼拖着看人，
他看着了谁谁就遭殃，
你不用跟他讲情！

他就爱把世界剖着瞧，

是玫瑰也给拆坏；
他没有那画眉的纤巧。
他有夜鸮的古怪！

古怪，他争的就只一点——
一点灵魂的自由，
也不是成心跟谁翻脸，
认真就得认个透。

他可不是没有他的爱——
他爱真诚，爱慈悲：
人生就说是一场梦幻，
也不能没有安慰。

这日子你怪得他惆怅，
怪得他话里有刺：
他说乐观是“死尸脸上
抹着粉，搽着胭脂！”

这不是完全放弃希冀，
宇宙还得往下延，
但如果前途还有生机，
思想先不能随便。
为维护这思想的尊严，

诗人他不敢怠惰，
高擎着理想，睁大着眼，
抉剔人生的错误。

现在他去了再不说话。
（你听这四野的静，）
你爱忘了他就忘了他
（天吊明哲的凋零！）

月下雷峰影片

我送你一个雷峰塔影，
满天稠密的黑云与白云；
我送你一个雷峰塔顶，
明月泻影在眠熟的波心。

深深的黑夜，依依的塔影，
团团的月彩，纤纤的波鳞——
假如你我荡一支无遮的小艇，
假如你我创一个完全的梦境！

夜半松风

这是冬夜的山坡，
坡下一座冷落的僧庐，
庐内一个孤独的梦魂：
在忏悔中祈祷，在绝望中沉沦；——

为什么这怒叫，这狂啸，
鼍鼓与金钲与虎与豹？
为什么这幽诉，这私慕？
烈情的惨剧与人生的坎坷——
又一度潮水似的淹没了
这彷徨的梦魂与冷落的僧庐？

石虎胡同七号

我们的小园庭，有时荡漾着无限温柔：
善笑的藤娘，袒酥怀任团团的柿掌绸缪，
百尺的槐翁，在微风中俯身将棠姑抱搂，
黄狗在篱边，守候睡熟的珀儿，它的小友，
小雀儿新制求婚的艳曲，在媚唱无休——
我们的小园庭，有时荡漾着无限温柔。

我们的小园庭，有时淡描着依稀的梦景；
雨过的苍茫与满庭荫绿，织成无声幽冥，
小蛙独坐在残兰的胸前，听隔院蚓鸣，
一片化不尽的雨云，倦展在老槐树顶，
掠檐前作圆形的舞旋，是蝙蝠，还是蜻蜓？——
我们的小园庭，有时淡描着依稀的梦景。

我们的小园庭，有时轻喟着一声奈何；
奈何在暴雨时，雨槌下捣烂鲜红无数，
奈何在新秋时，未凋的青叶惆怅地辞树，
奈何在深夜里，月儿乘云艇归去，西墙已度，
远巷薤露的乐音，一阵阵被冷风吹过——
我们的小园庭，有时轻喟着一声奈何。

我们的小园庭，有时沉浸在快乐之中；
雨后的黄昏，满院只美荫，清香与凉风，
大量的蹇翁，巨樽在手，蹇足直指天空，
一斤，两斤，杯底喝尽，满怀酒欢，满面酒红，
连珠的笑响中，浮沉着神仙似的酒翁——
我们的小园庭，有时沉浸在快乐之中。

先生！ 先生！

钢丝的车轮
在偏僻的小巷内飞奔——
“先生，我给先生请安您哪，先生。”

迎面一蹲身，
一个单布褂的女孩颤动着呼声——
雪白的车轮在冰冷的北风里飞奔。

紧紧的跟，紧紧的跟，
破烂的孩子追赶着铄亮的车轮——
“先生，可怜我一大化吧，善心的先生！”

“可怜我的妈，
她又饿又冻又病，躺在道儿边直呻——
您修好，赏给我们一顿窝窝头，您哪，先生！”

“没有带子儿。”
坐车的先生说，车里戴大皮帽的先生——
飞奔，急转的双轮，紧迫，小孩的呼声。
一路旋风似的土尘，
土尘里飞转着银晃晃的车轮——

“先生，可是您出门不能不带钱您哪，先生。”

“先生！……先生！”

紫涨的小孩，气喘着，断续的呼声——

飞奔，飞奔，橡皮的车轮不住的飞奔。

飞奔……先生……

飞奔……先生……

先生……先生……先生……

半夜深巷琵琶

又被它从睡梦中惊醒，深夜里的琵琶！
是谁的悲思，
是谁的手指，
像一阵凄风，像一阵惨雨，像一阵落花，
在这夜深深时，
在这睡昏昏时，
挑动着紧促的弦索，乱弹着宫商角徵，
和着这深夜，荒街，
柳梢头有残月挂，
啊，半轮的残月，像是破碎的希望，他
头戴一顶开花帽，
身上带着铁链条，
在光阴的道上疯了似的跳，疯了似的笑，
完了，他说，吹糊你的灯，
她在坟墓的那一边等，
等你去亲吻，等你去亲吻，等你去亲吻！

这年头活着不易

昨天我冒着大雨到烟霞岭下访桂；
南高峰在烟霞中不见，
在一家松茅铺的屋檐前
我停步，问一个村姑今年
翁家山的桂花有没有去年开的媚。

那村姑先对着我身上细细的端详：
活像只羽毛浸瘪了的鸟，
我心想，她定觉得蹊跷。
在这大雨天单身走远道，
倒来没来头的问桂花今年香不香。

“客人，你运气不好，来得太迟又太早：

这里就是有名的满家弄，
往年这时候到处香得凶，
这几天连绵的雨，外加风，
弄得这稀糟，今年的早桂就算完了。”

果然这桂子林也不能给我点子欢喜：
枝上只见焦萎的细蕊，
看着凄惨，唉，无妄的灾！
为什么这到处是憔悴？
这年头活着不易！这年头活着不易！

梅雪争春（纪念三一八）

南方新年里有一天下大雪，
我到灵峰去探春梅的消息；
残落的梅萼瓣瓣在雪里腌，
我笑说这颜色还欠三分艳！

运命说：你赶花朝节前回京，
我替你备下真鲜艳的春景：
白的还是那冷翩翩的飞雪，
但梅花是十三龄童的热血！

一小幅的穷乐图

巷口一大堆新倒的垃圾，
大概是红漆门里倒出来的垃圾，
其中不尽是灰，还有烧不烬的煤，
不尽是残骨，也许骨中有髓，
骨坳里还黏着一丝半缕的肉片，
还有半烂的布条，不破的报纸，
两三梗取灯儿，一半枝的残烟；

这垃圾堆好比是个金山，
山上满偻着寻求黄金者，
一队的褴褛，破烂的布裤蓝袄，
一个两个数不清高搁的臀腰，
有小女孩，有中年妇，有老婆婆，
一手挽着筐子，一手拿着树条，
深深的弯着腰，不咳嗽，不唠叨，
也不争闹，只是向灰堆里寻捞，
向前捞捞，向后捞捞，两边捞捞，
肩挨肩儿，头对头儿，拨拨挑挑，
老婆婆捡了一块布条，上好一块布条！

有人专捡煤渣，满地多的煤渣，
妈呀，一个女孩叫道，我捡了一块鲜肉骨头，
回头熬老豆腐吃，好不好？

一队的褴褛，好比个走马灯儿，
转了过来，又转了过去，又过来了，
有中年妇，有女孩小，有婆婆老，
还有夹在人堆里趁热闹的黄狗几条。

古怪的世界

从松江的石湖塘
上车来老妇一双，
颤巍巍的承住弓形的老人身，
多谢（我猜是）普渡山的盘龙藤：

青布棉袄，黑布棉套，
头毛半秃，齿牙半耗：
肩挨肩的坐落在阳光暖暖的窗前，
畏葸的，呢喃的，像一对寒天的老燕；

震震的干枯的手背，
震震的皱缩的下颏：
这二老！是妯娌，是姑嫂，是姊妹？——
紧挨着，老眼中有伤悲的眼泪！

怜悯！贫苦不是卑贱，
老衰中有无限庄严；——
老年人有什么悲哀，为什么凄伤？
为什么在这快乐的新年，抛却家乡？

同车里杂沓的人声，
轨道上疾转着车轮；
我独自的，独自的沉思这世界古怪——
是谁吹弄着那不调谐的人道的音籁？

谁知道

我在深夜里坐着车回家——
一个褴褛的老头他使着劲儿拉；
天上不见一个星，
街上没有一只灯：
那车灯的小火
冲着街心里的土——
左一个颠簸，右一个颠簸
拉车的走着他的踉跄步；
……

“我说拉车的，这道儿哪儿能这么的黑？”
“可不是先生？这道儿真——真黑！”
他拉——拉过了一条街，穿过了一座门，
转一个弯，转一个弯，一般的暗沉沉；——
天上不见一个星，
街上没有一个灯，
那车灯的小火
蒙着街心里的土——
左一个颠簸，右一个颠簸。
拉车的走着他的踉跄步；
……

“我说拉车的，这道儿哪儿能这么的静？”
“可不是先生？这道儿真——真静！”
他拉——紧贴着一垛墙，长城似的长，
过一处河沿，转入了黑遥遥的旷野；
天上不露一颗星，
道上没有一只灯：
那车灯的小火
晃着道儿上的土——
左一个颠簸，右一个颠簸，
拉车的走着他的踉跄步，
……

“我说拉车的，怎么这儿道上一个人都不见？”
“倒是有，先生，就是您不大瞧得见！”
我骨髓里一阵子的冷——
那边青缭缭的是鬼还是人？
仿佛听着呜咽与笑声——
啊，原来这遍地都是坟！
天上不亮一颗星，
道上没有一只灯：
那车灯的小火
缭着道儿上的土——
左一个颠簸，右一个颠簸，
拉车的跨着他的踉跄步；

……

“我说——我说拉车的喂！这道儿哪……哪儿有这儿远？”

“可不是先生？这道儿真——真远！”

“可是……你拉我回家……你走错了道儿没有？”

“谁知道先生！谁知道走错了道儿没有！”

……

我在深夜里坐着车回家，
一堆不相识的褴褛他使着劲儿拉；
天上不明一颗星，
道上不见一只灯：
只那车灯的小火
袅着道儿上的土——
左一个颠簸，右一个颠簸。
拉车的跨着他的蹒跚步。

太平景象

“卖油条的，来六根——再来六根。”
“要香烟吗，老总们，大英牌，大前门？
多留几包也好，前边什么买卖都不成。”

“这枪好，德国来的，装弹时手顺；”
“我哥有信来，前天，说我妈有病；”
“哼，管得你妈，咱们去打仗要紧。”

“亏得在江南，离著家千里的路程，
要不然我的家里人……唉，管得他们
眼红眼青，咱们吃粮的眼不见为净！”

“说是，这世界！做鬼不幸，活着也不称心；
谁没有家人老小，谁愿意来当兵拼命？”
“可是你不听长官说，打伤了有恤金？”

“我就不希罕那猫儿哭耗子的恤金！
脑袋就是一个，我就想不透为什么要上阵，
砰，砰，打自个儿的弟兄，损己，又不利人。”

“你不见李二哥回来，烂了半个脸，全青？

他说前边稻田里的尸体，简直像牛粪，
全的，残的，死透的，半死的，烂臭，难闻。”

“我说这儿江南人倒懂事，他们死不当兵；
你看这路旁的皮棺，那田里玲巧的享亭，
草也青，树也青，做鬼也落个清静；”

比不得我们——可不是火车已经开行？——
天生是稻田里的牛粪——唉，稻田里的牛粪！
“喂，卖油条的，赶上来，快，我还要六根。”

悲观

一

青草地，
牛吃草，
摇头掉尾，
天上的青云白云，
卷来卷去。

二

登山头，
望城里，
只见黑沉沉的屋顶，
鳞次栉比，
街道上尘烟里，
生灵挤挤。

三

教堂前，
钟声里，
白衣的牧师，
和黑裙黑披的老妇女，
聚复散，散复聚。

四

歌舞场，
繁华地，
白的红的，黑的绿的，
高冠长裙，笑语依稀。

五

庙堂中，
柴堆里，
几块破烂的木头，
当年受香烟礼拜的偶像，
面目未朽，未朽！

六

战场上，
壕沟里，
枪炮倒在败草间，
到处残破的房间，
肢体，血痕缕缕。

七

天灾国，
饥荒地，
草木尽稀，
小儿不啼，
黑灰色的空气。

八

心死国，
人荒境，
有影无行，
有声无气，
深谷里的子规，
见月不啼。

九

噫！

噫！

十

幻象破，

上帝死，

半夜梦醒睡已尽，

但这黑昏昏，

阴森森，

鬼棱棱。

十一

这心头，

压着全世界的重量，

咳！全宇宙！

这精神的宇宙，

这宇宙的宇宙，

都是空，

空，空……

十二

休!

休!

梦游埃及

龙舟画桨
地中海海乐悠扬；
浪涛的中心
有丑怪奋斗汹张；

一轮漆黑的明月，
滚入了青面的太阳——
青面白发的太阳；
太阳又奔赴涛心，
将海怪浇成奇伟的偶像；

大海化成了大漠；
开佛伦王的石像
危峙在天地中央；
张口把太阳吃了
遍体发骇人的光亮；

巨万的黄人黑人白人
蠕伏在浪涛汹涌的地面；
金刚般的勇士

大淌步走上了人堆；

人堆里啾啾的怪响
不知是悲泣是欢畅
勇士的金盔金甲
闪闪发亮，
烨烨生光；

顷刻大火熻熻，
火焰里有个
伟丈夫端坐：
像菩萨，
像葛德，
像柏拉图，
坐镇在勇士们头颅砌成的
莲台宝座；

一阵骇人的金电，——
这人宝塔又变形为
大漠里清静静地
一座三角金字塔：
一个个金字，都是
放焰的龙珠；

塔像一只高背的骆驼，
驮着个不长不短的
人魔——他睁着怪眼大喊道：——
“奴隶的人间，可曾看出
此中的消息呀？”

幻想

一

天空里幻出一带的长虹，
一条七彩双首乔背的神龙；
一头的龙喙与龙须与龙鬌，
淹没在埂奇河春泛之濑湍，
一头的龙爪，下踞在河北江南，
饮啜于长江大河，咽响如雷，
这彩色神明的巨怪，
满吸了东亚的大水，
昂首向坎坷的地面寻着，
吼一声，可怜，苦旱的人间！
遍野的饥农，在面天求怜，
求救渡的甘霖，满溢田田——
看呀，电闪里长鬣舞旋，
转惨酷为欢欣在俄顷之间！

二

天空里幻出长虹一带，
在碧玉的天空镶嵌，
一端挽住昆仑的山坳，
一端围绕在喜马拉雅之巉岩，
是谁何的匠心，制此巨采，
问伟男何在，问伟男何在？
披苍空普盖的青衫，
束此神异光明之带，
举步在浩宇里徘徊，
啊，踏翻，南北白头的高山，
霎时的雷花狂舞，雪花狂洒，
普化了东与西，洒遍了北与南，
丈夫！这纯澈无路的世界，
产生于一转之俄顷之间。

无题

原是你的本分，朝山人的胫踝，
这荆刺的伤痛！回看你的来路，
看那草丛乱石间斑斑的血迹，
在暮霭里记认你从来的踪迹！
且缓抚摩你的肢体，你的止境
还远在那白云环拱处的山岭！

无声的暮烟，远从那山麓与林边，
渐渐的潮没了这旷野，这荒天，
你渺小的孑影面对这冥盲的前程，
像在怒涛间的轻航失去了南针；
更有那黑夜的恐怖，悚骨的狼嗥，
狐鸣，鹰啸，蔓草间有蝮蛇缠绕！

退后？——昏夜一般的吞蚀血染的来踪，
倒地？——这懦怯的累赘问谁去收容？
前冲？啊，前冲！冲破这黑暗的冥凶。
冲破一切的恐怖，迟疑，畏葸，苦痛，
血淋漓的践踏过三角棱的劲刺，
从莽中伏兽的利爪，蜿蜒的虫豸！

前冲；灵魂的勇是你成功的秘密！
这回你看，在这决心舍命的瞬息，
迷雾已经让路，让给不变的天光，
一弯青玉似的明月在云隙里探望，
依稀窗纱间美人启齿的瓠犀，——
那是灵感的赞许，最恩宠的赠与！

更有那高峰，你那最理想的高峰，
亦已涌现在当前，莲苞似的玲珑，
在蓝天里，在月华中，秾艳，崇高，——
朝山人，这异象便是你跋涉的酬劳！

性灵深处的妙悟

渺小

我仰望群山的苍老，
他们不说一句话。
阳光描出我的渺小，
小草在我的脚下。

我一人停步在路隅，
倾听空谷的松籁；
青天里有白云盘踞——
转眼间忽又不在。

山中大雾看景

这一瞬息的展雾——
是山雾，是台幕？
这一转瞬的沉闷——
是云蒸，是人生？

那分明是山、水、田、庐，
又分明是悲、欢、喜、怒，
啊，这眼前刹那间开朗
我仿佛感悟了造化的无常！

我不知道风是在哪一个方向吹

我不知道风
是在哪一个方向吹——
我是在梦中，
在梦的轻波里依洄。

我不知道风
是在哪一个方向吹——
我是在梦中，
她的温存，我的迷醉。

我不知道风
是在哪一个方向吹——
我是在梦中，
甜美是梦里的光辉。

我不知道风
是在哪一个方向吹——
我是在梦中，
她的负心，我的伤悲。

我不知道风

是在哪一个方向吹——
我是在梦中，
在梦的悲哀里心碎！

我不知道风
是在哪一个方向吹——
我是在梦中，
黯淡是梦里的光辉。

一个祈祷

请听我悲哽的声音，祈求于我爱的神：
人间哪一个的身上，不带些儿创与伤！
哪有高洁的灵魂，不经地狱，便登天堂：
我是肉薄过刀山，炮烙，闯度了奈何桥，
方有今日这颗赤裸裸的心，自由高傲！

这颗赤裸裸的心，请收了吧，我的爱神！
因为除了你更无人，给他温慰与生命，
否则，你就将他磨成齑粉，散入西天云，
但他精诚的颜色，却永远点染你春朝的
新思，秋夜的梦境；怜悯吧，我的爱神！

他眼里有你

他攀登了万仞的高冈，
荆棘扎烂了我的衣裳，
我向飘渺的云天外望——
上帝，我望不见你！

我向坚厚的地壳里掏，
捣毁了蛇龙们的老巢，
在无底的深潭里我叫——
上帝，我听不到你！

我在道旁见一个小孩：
活泼，秀丽，褴褛的衣衫；
他叫声妈，眼里亮着爱——
上帝，他眼里有你！

在哀克刹脱（Exeter）教堂前

这是我自己的身影，今晚间
倒映在异乡教宇的前庭，
一座冷峭峭森严的大殿，
一个峭阴阴孤耸的身影。

我对着寺前的雕像发问：
“是谁负责这离奇的人生？”
老朽的雕像瞅着我发愣，
仿佛怪嫌这离奇的疑问。

我又转问那冷郁郁的大星，
它正升起在这教堂的后背，
但它答我以嘲讽似的迷瞬，
在星光下相对，我与我的迷谜！

这时间我身旁的那棵老树，
他荫蔽着战迹碑下的无辜，
幽幽的叹一声长气，像是
凄凉的空院里凄凉的秋雨。

他至少有百余年的经验，

人间的变幻他什么都见过；
生命的顽皮他也曾计数；
春夏间汹汹，冬季里婆婆。

他认识这镇上最老的前辈，
看他们受洗，长黄毛的婴孩；
看他们配偶，也在这教门内，——
最后看他们名字上墓碑！

这半悲惨的趣剧他早经看厌，
他自身臃肿的残余更不沾恋；
因此他与我同心，发一阵叹息——
啊！我身影边平添了斑斑的落叶！

天国的消息

可爱的秋景！无声的落叶，
轻盈的，轻盈的，掉落在这小径，
竹篱内，隐约的，有小儿女的笑声：

呖呖的清音，缭绕着村舍的静谧，
仿佛是幽谷里的小鸟，欢噪着清晨，
驱散了昏夜的晦塞，开始无限光明。

霎那的欢欣，昙花似的涌现，
开豁了我的情绪，忘却了春恋，
人生的惶惑与悲哀，惆怅与短促——
在这稚子的欢笑声里。想见了天国！

晚霞泛滥着金色的枫林，
凉风吹拂着我孤独的身形；
我灵海里啸响着伟大的波涛，
应和更伟大的脉搏，更伟大的灵潮！

最后的那一天

在春风不再回来的那一年，
在枯枝不再青条的那一天，
那时间天空再没有光照，
只黑蒙蒙的妖氛弥漫着：
太阳，月亮，星光死去了的空间；

在一切标准推翻的那一天，
在一切价值重估的那时间，
暴露在最后审判的威灵中
一切的虚伪与虚荣与虚空。
赤裸裸的灵魂们匍匐在主的跟前；——

我爱，那时间你我再不必张皇，
更不须声诉，辨冤，再不必隐藏，——
你我的心，像一朵雪白的并蒂莲，
在爱的青梗上秀挺，欢欣，鲜妍，——
在主的跟前，爱是唯一的荣光。

地中海

海呀！你宏大幽秘的音息，不是无因而来的！
这风稳日丽，也不是无因而然的！
这些进行不歇的波浪，唤起了思想同情的反应——
涨，落——隐，现——去，来……
无数量的浪花，各各不同，各有奇趣的花样，——
一树上没有两张相同的叶片，
天上没有两朵相同的云彩。
地中海呀！你是欧洲文明最老的见证！
庞大的帝国，曾经一再笼卷你的两岸；
霸业的命运，曾经再三在你酥胸上定夺；
无数的帝王、英雄、诗人、僧侣、寇盗、商贾，
曾经在你怀抱中得意，失志，灭亡；
无数的财货、牲畜、人命、舰队、商船、渔艇，
曾经沉入你无底的渊壑；
无数的朝彩晚霞，星光月色，血腥，血糜，曾经浸
染涂糁你的面庞；
无数的风涛、雷电、炮声、潜艇，
曾经扰乱你平安的居处；
屈洛安城焚的火光，阿脱洛庵家的惨剧，
沙伦女的歌声，迦太基奴女被掳过海的哭声，
维雪维亚炸裂的彩色，

尼罗河口，铁拉法尔加唱凯的歌音……
都曾经供你耳刹那的欢娱。
历史来，历史去：
埃及、波斯、希腊、马其顿、罗马、西班牙——
至多也不过抵你一缕浪花的涨歇，
一茎春花的开落！
但是你呢——
依旧冲洗着欧非亚的海岸，
依旧保存着你青年的颜色，
（时间不曾在你面上留痕迹。）
依旧继续着你自在无挂的涨落，
依旧呼啸着你厌世的骚愁，
依旧翻新着你浪花的样式，——
这孤零零地神秘伟大的地中海呀！

人种由来

一

夏娃：“你是亚当吗，上帝
创造我来伴你的。
你从今后再不怕
荒凉，再不愁孤寂。
让我摸摸你的脸，
口边蓬蓬像树藓，
你喉头有个桃核，
你肌肉好多强健；
但是你胸前不如
我又嫩又软又肥——
我们原来两样的，
我又希奇又欢喜。”
亚当：“你的声音很好听，
你的手怪招痒的，
你初来人地生疏，
等我慢慢指导你，
昨晚我在睡梦里，
上帝从我变出你；
你的肉是我的肉

你我原来是一体，
不过我男你是女。”
夏娃：“我叫你夫你叫我妻，
千年万年不分离！
我觉得心头狂跳，
方才一阵清风过，
吹来树上鲜果味，
我想去——”
亚当：“谨记上帝的吩咐；
伊滕园里鲜果富，
樱桃梅李都可采，
独禁‘知识树’上果，
你须牢记在心头，
若然犯禁死无处。
如今我去折桑麻，
你在此地喂鸡鹅。”

二

蛇："夏娃！"
夏娃："谁啊！"
蛇："原来你不认识我，
我是伊滕的圣蛇，
通天达地晓人事，
宇宙秘密无不知，
亚当是个蠢东西，
——嘻嘻！"
夏娃："什么叫作'嘻嘻'呢？
蛇："等我好好教导你。
嘻嘻是个笑声气；
我笑亚当泰腐气，
一心皈依信上帝。
伊滕园里最珍奇，
莫如'知识树'上果；
你若偷采吃一枝，
宇宙密库顿开锁；
你的双眼会开放，
见红见紫见星光；
还有种种消息好，
吃了药儿便知晓——
嘻嘻！"

夏娃："嘻嘻，多谢你，蛇儿，
是去采果儿吃也！"

三

亚当："夏娃，替我搔搔背，
我有好东西给你。"
夏娃："你有什么好东西，
蛇儿笑你泰腐气。"
亚当："蛇儿专出坏主意，
千万不可轻信伊。
我给你个桑乌都，
甜里带酸很有味。"
夏娃："乌都算什么东西，
我的苹果才希奇；
今晚临睡吃下去，
明早张眼见天地！"

四

夏娃："亚当！我见亮光了！
好一个美妙天地！
赶快睁开你眼皮，
你我准备见面礼！"
亚当："你的疯话我不信，
哪有眼皮会开闭——
咳奇怪！果真两眼
有些发痒酸齑齑；
夏娃！夏娃！真希奇，
果然是光亮天地！"
夏娃："不成！慢点儿过来。
你我原来是裸体！
不好了！快躲起来，
那边来的是上帝！"

自然与人生

风，雨，山岳的震怒：
猛进，猛进！
显你们的猖獗，暴烈，威武；
霹雳是你们的酣嗷，
雷震是你们的军鼓——
万丈的峰峦在涌汹的战阵里
失色，动摇，颠簸；
猛进，猛进！
这黑沉沉的下界，是你们的俘虏！

壮观！仿佛是跳出了人生的关塞，
凭着智慧的明辉，回看
这伟大的悲惨的趣剧，在时空
无际的舞台上，更番的演着：——
我驻足在岱岳顶巅，
在阳光朗照着的顶巅，俯看山腰里
蜂起的云潮敛着，叠着，渐缓的
淹没了眼下的青峦与幽壑：
霎时的开始了，骇人的工作。

风，雨，雷霆，山岳的震怒——

猛进，猛进！
矫捷的，猛烈的：吼着，打击着，咆哮着；
烈情的火焰，在层云中狂窜：
恋爱，嫉妒，咒诅，嘲讽，报复，牺牲，烦闷，
疯犬似的跳着，追着，嗥着，咬着，
毒蟒似的绞着，翻着，扫着，舐着——
猛进，猛进！
狂风，暴雨，电闪，雷霆：
烈情与人生！

静了，静了——
不见了晦盲的云罗与雾锢，
只有轻纱似的浮沤，在透明的晴空，
冉冉的飞升，冉冉的翳隐，
像是白羽的安琪，捷报天庭。

静了，静了——
眼前消失了战阵的幻景，
回复了幽谷与冈峦与森林，
青葱，凝静，芳馨，像一个浴罢的处女，
忸怩的无言，默默的自怜。

变幻的自然，变幻的人生，
瞬息的转变，暴烈与和平，

刿心的惨剧与怡神的宁静：——
谁是主，谁是宾，谁幻复谁真？
莫非是造化儿的诙谐与游戏，
恣意的反复着涕泪与欢喜，
厄难与幸运，娱乐他的冷酷的心，
与我在云外看雷阵，一般的无情？

残破

一

深深的在深夜里坐着：
当窗有一团不圆的光亮，
风挟着灰土，在大街上
小巷里奔跑：
我要在枯秃的笔尖上袅出
一种残破的残破的音调，
为要抒写我的残破的思潮。

二

深深的在深夜里坐着：
生尖角的夜凉在窗缝里
妒忌屋内残余的暖气，
也不饶恕我的肢体：
但我要用我半干的墨水描成
一些残破的残破的花样，
因为残破，残破是我的思想。

三

深深的在深夜里坐着，
左右是一些丑怪的鬼影：
焦枯的落魄的树木
在冰沉沉的河沿叫喊，
比着绝望的姿势，
正如我要在残破的意识里
重兴起一个残破的天地。

四

深深的在深夜里坐着，
闭上眼回望到过去的云烟：
啊，她还是一枝冷艳的白莲，
斜靠着晓风，万种的玲珑；
但我不是阳光，也不是露水，
我有的只是些残破的呼吸，
如同封锁在壁椽间的群鼠
追逐着，追求着黑暗与虚无！

东山小曲

一

早上——太阳在山坡上笑，
太阳在山坡上叫：——
看羊的，你来吧，
这里有新嫩的草，鲜甜的料，
好把你的老山羊，小山羊，喂个滚饱；
小孩们你们也来吧，
这里有大树，有石洞，有蜢蚱，有小鸟，
快来捉一会盲藏，豁一阵虎跳。

二

中上——太阳在山腰里笑，
太阳在山坳里叫：——
游山的你们来吧，
这里来望望天，望望田，消消遣，
忘记你的心事，去掉你的烦恼；
叫化子们你们也来吧，
这里来偎火热的太阳，
胜如一件棉袄，还有香客的布施，

岂不是妙，岂不是好。

三

晚上——太阳已经躲好，
太阳已经去了：——
野鬼们你们来吧，
黑巍巍的星光，照着冷清清的庙，
树林里有只猫头鹰，半天里有只九头鸟；
来吧，来吧，一齐来吧，
撞开你的顶头板，唱起你的追魂调，
那边来了个和尚，快去要他一个灵魂出窍！

破庙

慌张的急雨将我
赶入了黑丛丛的山坳，
迫近我头顶在腾拿，
恶狠狠的乌龙巨爪；
枣树兀兀地隐蔽着
一座静悄悄的破庙，
我满身的雨点雨块，
躲进了昏沉沉的破庙；

雷雨越发来得大了：
霍隆隆半天里霹雳，
豁喇喇林叶树根苗，
山谷山石，一齐怒号，
千万条的金剪金蛇，
飞入阴森森的破庙，
我浑身战抖，趁电光
估量这冷冰冰的破庙；

我禁不住大声喊叫；
电光火把似的照耀，
照出我身旁神龛里

一个青面狞笑的神道，
电光去了，霹雳又到，
不见了狞笑的神道，
硬雨石块似的倒泻——
我独身藏躲在破庙；

千年万年应该过了！
只觉得浑身的毛窍，
只听得骇人声怪叫，
只记得那凶恶的神道，
忘记了我现在的破庙；
好容易雨收了，雷休了，
血红的太阳，满天照耀，
照出一个我，一座破庙！

冢中的岁月

白杨树上一阵鸦啼，
白杨树上叶落纷披，
白杨树下有荒土一堆：
亦无有青草，亦无有墓碑。

亦无有蛱蝶双飞，
亦无有过客依违，
有时点缀荒野的暮霭，
土堆邻近有青磷闪闪。

埋葬了也不得安逸，
髑髅在坟底叹息；
舍手了也不得静谧，
髑髅在坟底饮泣。

破碎的愿望梗塞我的呼吸，
伤禽似的震悸着他的羽翼；

白骨放射着赤色的火焰，——
却烧不尽生前的恋与怨。

白杨在西风里无语，摇曳，
孤魂在墓窟的凄凉里寻味：
“从不享，可怜，祭扫的温慰，
更有谁存念我生平的梗概！”

天神似的英雄

这石是一堆粗丑的顽石，
这百合是一从明媚的秀色；
但当月光将花影描上了石隙，
这粗丑的顽石也化生了媚迹。

我是一团臃肿的凡庸，
她的是人间无比的仙容；
但当恋爱将她偎入我的怀中，
就我也变成了天神似的英雄！

一家古怪的店铺

有一家古怪的店铺，
隐藏在那荒山的坡下；
我们村里白发的公婆，
也不知他们何时起家。

相隔一条大河，船筏难渡；
有时青林里袅起髻螺，
在夏秋间明净的晨暮——
料是他家工作的烟雾。

有时在寂静的深夜，
狗吠隐约炉捶的声响，
我们忠厚的更夫常见
对河山脚下火光上扬。

是种田钩镰，是马蹄铁鞋，
是金银妙件，还是杀人凶械？
何以永恋此林山，荒野，
神秘的捶工呀，深隐难见？

这是家古怪的店铺，
隐藏在荒山的坡下；
我们村里白头的公婆，
也不知他们何时起家。

呻吟语

我亦愿意赞美这神奇的宇宙，
我亦愿意忘却了人间有忧愁，
像一只没挂累的梅花雀，
清朝上歌唱，黄昏时跳跃；——
假如她清风似的常在我的左右！

我亦想望我的诗句清水似的流，
我亦想望我的心池鱼似的悠悠；
但如今膏火是我的心，
再休问我闲暇的诗情？——
上帝！你一天不还她生命与自由！

默境

我友，记否那西山的黄昏，
钝氲里透出的紫霭红晕，
漠沉沉，黄沙弥望，恨不能
登山顶，饱餐西陲的菁英，
全仗你吊古殷勤，趋别院，
度边门，惊起了卧犬狰狞。
墓庭的光景，却别是一味
苍凉，别是一番苍凉境地：
我手剔生苔碑碣，看冢里
僧骸是何年何代，你轻踹
生苔庭砖，细数松针几枚；
不期间彼此缄默的相对。
僵立在寂静的墓庭墙外，
同化于自然的宁静，默辨
静里深蕴着普遍的义韵；
我注目在墙畔一穗枯草，
听邻庵经声，听风抱树梢，
听落叶，冻乌零落的音调，
心定如不波的湖，却又教
连珠似的潜思泛破，神凝
如千年僧骸的尘埃，却又

被静的底里的热焰熏点；
我友，感否这柔韧的静里，
蕴有钢似的迷力，满充着
悲哀的况味，阐悟的几微，
此中不分春秋，不辨古今，
生命即寂灭，寂灭即生命，
在这无终始的洪流之中，
难得素心人悄然共游泳；
纵使阐不透这凄伟的静，
我也怀抱了这静中涵濡，
温柔的心灵；我便化野鸟
飞去，翅羽上也永远染上了
欢欣的光明，我便向深山
去隐，也难忘你游目云天，
游神象外的Transfiguration。

我友！知否你妙目——漆黑的
圆睛——放射的神辉，照彻了
我灵府的奥隐，恍如昏夜
行旅，骤得了明灯，刹那间
周遭转换，涌现了无量数
理想的楼台，更不见墓园
风色，再不闻衰冬吁喟，但
见玫瑰丛中，青春的舞蹈

与欢容，只闻歌颂青春的
谐乐与欢悰；——
轻捷的步履，
你永向前领，欢乐的光明，
你永向前引：我是个崇拜
青春，欢乐与光明的灵魂。

小诗一首

我羡慕
他的勇敢，
一点亮
透出黑暗！

他只有
那一闪的焰！
但不问
宇宙的深浅。

多微弱
他那点光，
寂寞的，在
黑夜里彷徨！

听瓦格纳乐剧

是神权还是魔力，
搓揉着雷霆霹雳，
暴风、广漠的怒号，
绝海里骇浪惊涛；

地心的火窖咆哮，
回荡，狮虎似狂嗥，
仿佛是海裂天崩，
星陨日烂的朕兆；

忽然静了；只剩有
松林附近，乌云里
漏下的微嘘，拂扭
村前的酒帘青旗；

可怖的伟大凄静，
万壑层岩的雪景，
偶尔有冻鸟横空，
摇曳零落的悲鸣；

悲鸣，胡笳的幽引，

雾结冰封的无垠，
隐隐有马蹄铁甲
篷帐悉索的荒音；

荒音，洪变的先声，
鼍鼓金钲幕荡怒，
霎时间万马奔腾，
酣斗里血流虎虎；

是泼牢米修仡司（Prometheus）
的反叛，抗天拯人
的奋斗，高加山前
挚鹰刳胸的创呻；

是恋情，悲情，惨情，
是欢心，苦心，赤心；
是弥漫，普遍，神幻，
消金灭圣的性爱；

是艺术家的幽骚，
是天壤间的烦恼，
是人类千年万年
郁积未吐的无聊；
这沉郁酝酿的牢骚，

这狷獗圣洁的恋爱，
这悲天悯人的精神，
贯透了艺术的天才。

性灵，愤怒，慷慨，悲哀，
管弦运化，金革调合，
创制了无双的乐剧，
革音革心的瓦格纳！

威尼市

我站在桥上，
这甜熟的黄昏，
远处来的箫声和琴音
——点儿，线儿，
圆形，方形，长形，
尽是灿烂的黄金，
倾泻在
波涟里，
澄蓝而凝匀。

歌声，游艇，
灯烛的辉莹，
梦寐似生，
——细缊——
幻景似消泯，
在流水的胸前——
鲜妍，绻缱——
流，流，
流入沉沉的黄昏。

我灵魂的弦琴，

感受了无形的冲动，
怔忡，惺松，
悄悄地吟弄，
一支红朵蜡的新曲，
出咽的香浓；
但这微妙的心琴哟，
有谁领略，
有谁能听！

我是个无依无伴的小孩

我是个无依无伴的小孩，
无意地来到生疏的人间：

我忘了我的生年与生地，
只记从来处的草青日丽；

青草里满泛我活泼的童心，
好鸟常伴我在艳阳中游戏；

我爱啜野花上的白露清鲜，
爱去流涧边照弄我的童颜；

我爱与初生的小鹿儿竞赛，
爱聚沙砾仿造梦里的庭园；

我梦里常游安琪儿的仙府，
白羽的安琪儿，教导我歌舞；

我只晓天公的喜悦与震怒，
从不感人生的痛苦与欢娱；

所以我是个自然的婴孩，
误入了人间峻险的城围：

我骇诧于市街车马之喧扰，
行路人尽戴着忧惨的面罩；

铅般的烟雾迷障我的心府，
在人丛中反感恐惧与寂寥；

啊！此地不见了清涧与青草，
更有谁伴我笑语，疗我饥馁；

我只觉刺痛的冷眼与冷笑，
我足上沾污了沟渠的泞潦；

我忍住两眼热泪，漫步无聊，
漫步着南街北巷，小径长桥；

我走进一家富丽的门前，
门上有金色题标，两字“慈悲”；

金字的慈悲，令我欢慰，
我便放胆跨进了门槛；
慈悲的门庭寂无声响，

堂上隐隐有阴惨的偶像；

偶像在伸臂，似庄似戏，
直骇我狂奔出慈悲之第；

我神魂惊悸慌张的前行，
转瞬间又面对“快乐之园”；

快乐园的门前，鼓角声喧，
红衣汉在守卫，神色威严；

游服竞鲜艳，如春蝶舞翩跹，
园林里阵阵香风，花枝隐现；

吹来乐音断片，招诱向前，
赤穷孩蹑近了快乐之园！

守门汉霹雳似的一声呼叱，
露出了我骇愧的两行急泪；

我掩面向僻隐处飞驰，
遭罹了快乐边沿的尖刺；

黄昏。荒街上尘埃舞旋，

凉风里有落叶在呜咽；

天地看似墨色螺形的长卷，
有孤身儿在踟蹰，似退似前；

我仿佛陷落在冰寒的阱锢，
我哭一声我要阳光的暖和！

我想望温柔手掌，偎我心窝，
我想望搂我入怀，纯爱的母；

我悲思正在喷泉似的溢涌，
一闪闪神奇的光，忽耀前路；

光似草际的游萤，乍显乍隐，
又似暑夜的飞星，窜流无定；

神异的精灵！生动了黑夜，
平易了途径，这闪闪的光明；
闪闪的光明！消解了恐惧，
启发了欢欣，这神异的精灵；

昏沉的道上，引导我前进，
一步步离远人间进向天庭；

天庭！在白云深处，白云深处，
有美安琪敛翅羽，安眠未醒；

我亦爱在白云里安眠不醒
任清风搂抱，明星亲吻殷勤；

光明！我不爱人间，人间难觅
安乐与真情，慈悲与欢欣；

光明，我求祷你引致我上登
天庭，引挈我永住仙神之境；

我即不能上攀天庭，光明，
你也照导我出城围之困；

我是个自然的婴儿，光明知否，
但求回复自然的生活优游；

茂林里有餐不罄的鲜柑野栗，
青草里有享不尽的意趣香柔……

那一点神明的火焰

又是一个深夜，寂寞的深夜，
在山中，
浓雾里不见月影，星光，
就只我：
一个冥蒙的黑影，蹀躞的
沉思，
沉思的蹀躞，在深夜，在山中，
在雾里，
我想着世界，我的身世，懊怅，
凄迷，
灭绝的希冀，又在我的心里
惊悸，
摇曳，像雾里的草须：她
在哪里？

啊！她；这深夜，这浓雾，
淹没了
天外的星光与月彩，却
遮不住
那一点的光明，永远的，永远的，
像一星

宝石似的火花，在我灵魂的底里；
我正愿，
我愿保持这不朽的灵光，直到
那一天，
时间要求我的尘埃，我的心停止了
跳动，
在时间浩瀚的尘埃里，却还存着
那一点——
那一点神明的火焰，跳动，光艳，
不变
不变！